不思議系上司の攻略法

水沢あきと

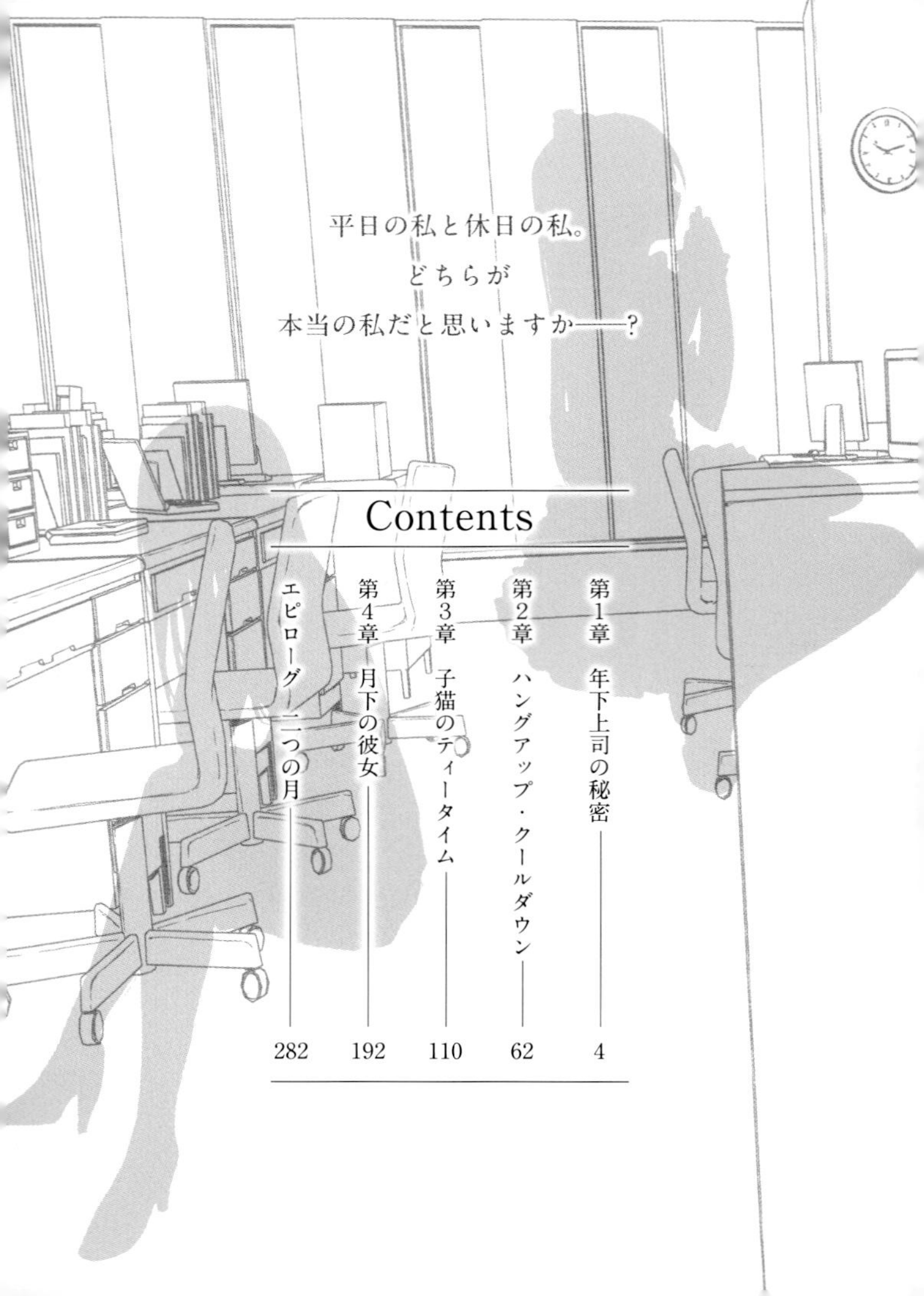

平日の私と休日の私。
どちらが
本当の私だと思いますか――?

Contents

不思議系
上司の
攻略法

水沢あきと

第1章　年下上司の秘密

五月二十九日　土曜日　月齢：十五

ふと時計を見ると時刻は午後四時を回っていた。朝から続けている作業はちっとも埒《らち》が明かず、『霊安室』の床に座りこんだ梶原健二《かじわらけんじ》は遅めの昼食をとることにした。鞄《かばん》の中から取り出したのは二段重ねの弁当箱。白飯に卵焼き、ポテトサラダにミニ春巻き。すべて自分で作ったもので、中でも春巻きはちょっとした自信作。さやいんげんに焼き豚も一緒に包みこんでみた。

東京都内、１Ｋ家賃六万九千円の部屋に一人で住んでいる彼は、毎週日曜日になると一週間分のおかずを作り置きすることを習慣にしている。小分けして冷凍さえしておけば夕食はもとより、昼の弁当にも活用出来る。毎朝の弁当作りも五分とかからない。

蓋《ふた》を開くと丁度良い頃合いに解凍されており、春巻きのとろりとした甘いあんが口の中いっぱいに広がる。

しかし、本音を言えば昼飯くらいは外で食べたかった。初夏のこの時期、公園のベンチの上はさぞかし気持ちよいことだろう。こんな『霊安室』の中で、白く冷たい床の上にあぐらをかきながら食べるよりはるかにいい。

もちろん『霊安室』とは単なる比喩《ひゆ》だ。正式名称はデータセンター。窓一つ無い白い部屋の中、サーバーと呼ばれる大型の業務用コンピュータが納められた白い箱がずらりと並ぶ様子が、『棺桶《かんおけ》』の並ぶ霊安室に似ているから、らしい。また、この部屋では熱に弱いサーバーを守るため、二十二度の室温に常に保たれている。この二十二度という設定も一般的な霊安室と同じだ。

そしてここは、ＳＥ《システムエンジニア》を生業《なりわい》とする健二の仕事場の一つでもある。秋葉原《あきはばら》駅から徒歩五分の場所に二年前に完成したインテリジェントビル十二階のデータセンター。彼がいるのは、その中でも『棺桶』が最も多く収容されているＤ－６フロアである。

卵焼きを口に含んだところで、目の前のノートパソコンがメッセージを表示して動きを止めた。墨で塗りつぶしたような真っ黒な画面に、Error, Faild, Unknownといったネガティブな意味を持つ白い文字が見える。

ダメだ。どうしてもうまくいかない。

卵焼きをごくりと呑《の》み込むと、天井を仰ぎ見て大きく溜め息をついた。白い蛍光灯がやけに眩《まぶ》しい。

結局一日作業になってしまった。

早いところ作業を終わらせ、とっととここから退散したい。休日出勤のあげく、残業までするなんてまっぴらごめんだ。

そのとき、がっちゃん、という重々しい音とともにフロアの鉄扉が閉まる音がした。続いて、近付いてくるスリッパのぺたんぺたんという足音。

慌てて弁当を片付け、背筋をしゃんと伸ばす。

「調子はどうですか?」

眼鏡をかけた小太りの中年男性が声をかけてきた。顧客企業の担当者、久田《ひさだ》だ。今日はいつもと違って私服姿だが、やはりジーパンの上にぽこんと出ている蛙《かえる》のような腹はよく目立つ。

「ええ、やっぱり『つくば』とつながらないんです。ほかの拠点は問題無いんですが」

「うーん」

久田に見えるようにノートパソコンの画面を傾け、エラーが出ている箇所を指し示す。

画面には顧客企業が全国に展開する郊外型ショッピングセンターの所在地名がずらりと表示されており、そのリストの丁度真ん中辺りには"Tsukuba:Failed"の文字が点滅している。ここ秋葉原のホストコンピュータから、筑波《つくば》に設置された端末にログイン出来《入れ》なければ今日の作業はなにも出来ない。

「色々試したんですがやっぱりそこだけ反応が無いんです」

「『つくば』か。おかしいなあ。向こうの端末は電源が入っている《火を入れている》はずなんだけどなあ。もう一回、確認しますよ」

「お願いします」

久田はしきりに首を傾げ、胸元から携帯を取り出してどこかに電話をかけ始めた。ぶら下げられたアニメキャラのストラップが揺れ、じゃらじゃら音を立てる。

『つくば』とは、茨城《いばらき》のつくば市に再来月オープンする、東京ドーム十個分の広さを持つ郊外型の大型ショッピングモールのことだ。オープンに向けた準備が着々と進められる中、今日はそのつくばに置かれたコンピュータと、ここ秋葉原に設置された顧客のメインシステムをつなぐ作業のために、健二は休日出勤を強いられているというわけだ。ちなみに今日で今年五回目の休日出勤になる。

突然、久田の声のトーンが上がった。

「お……、おいおい！　困るよ。今日はこっちで作業するって先週言ったじゃん！　それに電源落とす前に僕に一報入れろって、この前も言ったと思うんだけどなあ！」

危うく溜め息をもらしそうになる。そもそも電源が入っていなかったらこちらから入れるはずがない。骨折り損のくたびれもうけという奴だ。

しばらくして電話を切った久田が心底すまなさそうな顔をしながら、半ば胴体に埋もれかけた首を健二に向かってひょこっ、と下げる。

「すいませんねえ。内装工事が遅れているらしくて、現場監督が勝手に判断しちゃったらしいんですよ。ちゃんと言っておいたんですけどねえ」

「いえ、お気になさらず。丁度、サーバーのメンテが必要なタイミングでしたし」

対顧客用の精一杯の笑顔を向けながら、健二は手元の機材を片付け始める。

どうせまた来週か再来週辺りに仕切り直しになるんだろう。だったら今日はもう、さっさと退散したい。そして早くベッドの上で横になって惰眠《だみん》をむさぼりたい。

だが。

「あ、そうだ。梶原さん、この後になにかご予定とか、入っていたりします？」

……え？

久田が人の良さそうな笑みをこちらに向けていた。

「いえ、特には……」

「それじゃ、どっか飲みに行きましょうよ。折角アキバまで来たんですし」

勘弁してくれ。第一、さっき昼飯食ったばかりだぞ。それに、どうしてアキバに来たら飲むことになるんだ？　内心そう思ったものの、次に口から出てきたのは本心とは異なる言葉。

「いいですねえ。是非」

「お薦めのお店があるんですよぉ」

得意先からの誘いを断れるわけがない。

なぜか意気揚々と出口に向かう久田の後ろ姿を見ながら、健二はがくりと肩を落とした。

「お帰りなさいませ、ご主人様！」

――さすがに顔が引きつった。

目の前に二十歳前後の女の子がにこやかな微笑みを浮かべ、こちらの顔を覗《のぞ》き込むようにして立っている。

彼女が着ているのは黒を基調とした服。その袖口《そでぐち》やスカートの端には白いレースのフリルがたくさん施され、少し動くだけで必要以上にふわふわ揺れる。微かに傾けた小さな頭の上にはやはり純白のカチューシャ。

「ご主人様は何名様でいらっしゃいますか？」

「二人だね」

「はいっ。ではこちらへ。ご主人様二名様、ご帰宅です」

満面の笑みを浮かべたメイドさんが店の奥に向かって声をかけ、

「「お帰りなさいませ、ご主人様！」」

店内のあちこちから声が上がる。

こ、これは……。

テレビなどで知ってはいたが、メイド喫茶と呼ばれる類の店に実際に入るのは初めてだ。

というか、さっき飲みに行くって言ってたよな？

久田を横目で見るが、どことなくうわついた表情でこちらが戸惑っていることには全く気づいていない。

メイドさんに案内された席に着いても落ち着くことが出来ず、視線をあちこち彷徨《さまよ》わせてしまう。五十席ほどある席の八割方が埋まっており、そのほとんどが男性客だ。内装は木目調に統一されており、アクセントとしてところどころに観葉植物が置かれている。

壁にはアニメのポスターの他に、『ネコミミ day 開催』と書かれたイベント案内、それにキッチンスタッフ急募の求人ポスターなどがうるさくない程度に貼《は》られている。

「このお店は料理はもちろん、アルコールも充実しているんですよ」

「はあ」

差し出されたメニューを覗くと、なるほど、確かにちょっとした街の喫茶店には負けないくらいのバリエーションだ。アルコールに至っては多種多様な銘柄のビールから、オリジナルカクテル、ウイスキーに至るまで、小さなバーと言ってもいいくらい十分な品揃《ぞろ》え。メイド喫茶という奴は学園祭の模擬店に毛が生えたくらいだと思っていたが、実際はそうでもないらしい。健二も学生時代にホテルの厨房《ちゅうぼう》でバイトをしていたこともあり、ここらへんのことにはちょっとうるさい。

そのとき、突然、上から涼やかな声がした。

「お帰りなさいませ、ご主人様。ご注文はお決まりですか？」

白い手が伸び、テーブルの上に水の入ったグラスが置かれる。

ふと香った甘い匂《にお》いに顔を上げ、そして、思わず目を奪われた。

切れ長の印象的な瞳がこちらを見つめていた。長い睫毛《まつげ》に、白磁のような肌、艶《つや》やかな長い黒髪。端整な顔立ちの中に少女の面影が残されている。

黒と白のコントラストが映えるメイド服も相俟《あいま》って、その佇《たたず》まいはまるで人形のよう。

彼女は少し首を傾げて微笑んでみせる。媚《こ》びるわけでもない、自然な表情。

慌てて目線をメニューの上に落とす。

「ええとね、僕はコロナビールとふわふわオムライス。梶原さんは？」

「あ、えーと……」

なぜかしどろもどろになり、震える手でメニューを捲《めく》りながら、

「ホットコーヒーと……。それと……、オムライスかな？」

彼女はぺこりと頭を下げ、

「はい、かしこまりました、ご主人様。ふわふわオムライスお二つと、コロナビールにホットコーヒーですね。すぐにお持ちいたします」

深々とお辞儀をすると、トレイを胸に掻《か》き抱きながらにこりと笑ってみせた。そしてボリュームのあるスカートをふわふわ翻しながらキッチンへと戻っていく。

「カヨさん、いつも可愛いよなあ」

「滅多に会えないのが惜しいよなあ」

隣の大学生風の男性二人が話す内容が聞こえてきて、久田がうんうん、と頷《うなず》きながら蘊蓄《うんちく》を垂れる。

「あの娘、カヨちゃんって言うんですよ。半年前にデビューしたばかりなんですけど、今ではこの店で一、二を争う人気なんです。基本、土日にしかお給仕しないんで、彼女に会えるのはこうやって休みの日にアキバに来たときだけです」

「へえ、そうなんですか……」

まさかそれが理由でわざわざ土曜に作業を設定したんじゃないだろうな、などと訝《いぶか》しみつつ、横目で『お給仕』をしている彼女の顔を見る。漆《うるし》で塗ったみたいな黒目が印象的で、周りとは明らかに違う空気を身に纏《まと》っている。

確かにあのレベルの子にはなかなか滅多にお目にかかれない。広告代理店が金に物を言わせてそこかしこに露出させている下手なアイドルなんかより、格段に可愛いんじゃなかろうか。加えて、あの格好である。人気が出ない方がおかしい。

肘《ひじ》まである手袋と肩口の間に見える白い二の腕、そしてニーソックスとスカートの間に覗く肉感的な太股《ふともも》。自然と目が釘付《くぎづ》けになる。

「梶原さん、ダメですよ。あんまりじろじろ見てちゃ。マナー違反です」

「え、いや、僕は別に……」

慌てて目線を戻し、水を飲む。なんだか調子が狂ってしまう。


結局、食事だけに留まらず、久田に薦められるままにカクテルやウイスキーの杯を重ねた結果、夜十時近くまで付き合う羽目になった。

酒の入った久田がほぼ一方的に展開するアキバ系の話題に対して健二が出来たことは、ただにこにこ笑いながら適当に相づちを打つことのみ。正直、辟易《へきえき》したものの、彼は今回の案件において実務一切を取り仕切る実質的なキーパーソンだ。機嫌を損ねるわけにもいかない。

店を出た後、末広町《すえひろちょう》から地下鉄に乗るという久田と別れ、中央通りを秋葉原駅に向かって歩く。それなりに量を飲んだせいで、足下が若干ふらつく。

車通りの少なくなった通りを歩いているうちに、健二は解放感で心の中が満たされていくのがわかった。明日は日曜日。久しぶりに昼過ぎまで寝ていられる。一日だけの休みだが、それでも無いよりは全然ましだ。

空に向かって大きく伸びをする。

と、ふと南東の空に煌々《こうこう》とほぼまん丸の月が輝いているのが目に飛び込んできた。ずっと屋内に籠《こ》もっていたので今の今まで気がつかなかったのだ。

酔いも手伝い、なんだか得したような気分になりつつ、やがて月に背を向け、工事中の秋葉原駅構内に入る。この時間にもなると人影もまばらだ。

そして、改札の前でポケットから定期入れを出そうとして——

「あの、ご主人様！」

呼び止める声に振り向くと、そこには、月明かりを背にした一人のメイドさんが立っていた。

ここまで走ってきたのだろう、肩で息をしており、顔が微かに上気している。濡《ぬ》れたような大きな瞳がこちらを見つめている。

さっきの、『カヨ』という名前で呼ばれていた、人形のような雰囲気を持った子だった。思わず胸がどきりとする。

なんでこんなところに……？

「どうしたんですか？」

「お忘れ物です。お席の上に置いてありました」

「あ……」

彼女がメイド服のポケットの中から取り出し、健二の目の前に差し出したのは自分のと同じデザインの携帯。慌ててシャツの胸ポケットをまさぐると、たしかに携帯が無い。

わざわざ駅まで追いかけてきてくれたらしい。

「ありがとう、ございます」

お礼を言いながら受け取った携帯からは、微かに彼女の掌《てのひら》のぬくもりが感じられ、急にうれしいような恥ずかしいような、むずがゆい気持ちに襲われる。一刻も早くこの場を離れなければいけないような、そんな気がして、

「本当に助かりました。それじゃあ」

「……あの」

小さな声が立ち去ろうとした彼の足を止めた。ゆっくり振り返ると彼女は首を小さく傾げ、その拍子に長い髪がさらりと肩からこぼれ落ちる。

――月に照らされた髪が、一瞬、金糸のように光った。

「ご主人様。お気を付けていってらっしゃいませ」

小さく手を振る彼女。

顔が急に熱くなっていくのがわかった。慌てて小さく手を振り返すと、回れ右。彼女の視線を背中に感じながら、早足で改札を通り抜ける。

階段を駆け上がり、出発間際の池袋《いけぶくろ》方面の山手《やまのて》線に飛び乗った。メロディとともに扉が閉まり、外をゆっくりインテリジェントビルの灯りが流れ始める。

なんとなく夢心地でそれらをぼう、と見つめる。ポケットの中の携帯に触れ、自分を追いかけてきたときの彼女の表情と、こちらをじっと見つめる大きな瞳を思い出す。

可愛い子だったよな……。

アナウンスが間もなく次の駅に到着する旨を告げるのを聞きながら、健二はふとガラスに映る自分の顔が緩んでいることに気づいた。

五月三十一日　月曜日　月齢：十七

ＪＲ大崎《おおさき》駅の西口を出て徒歩五分のところにあるオフィスビル。その五階から十三階に、中堅システムインテグレーター、ケーイージー・インフォテック株式会社の本社は入っている。

午前九時二十五分。

改札を出た健二は、駅前の道路を全速力で走っていた。ショートカットのために、途中の公園を突っ切る。始業時刻まであと五分。早朝の人身事故のせいで電車が遅れ、駅についたのがぎりぎりになってしまった。

オフィスへの入館時刻は、ビルの入り口に設けられたゲートで管理されており、一分の遅刻でも記録として残されてしまう。もちろん、一、二回程度だったら別になんともないのだが、数回繰り返すと人事部に呼び出されるらしい（らしい、というのは健二も他の社員から聞いただけだからだ）。

警備員に頭を下げつつ、ICチップを内蔵した社員証をゲートにかざす。この時点で九時二十九分。間に合った。肩で息をしつつ、エレベーターで十一階に向かう。

所属するシステムエンジニアリング部のフロアに入ると、すでに五十人いるメンバーのほとんどが出社していた。無機質な蛍光色に彩られた室内には、キーボードを打つ音がひっきりなしに響いている。

そして周りに聞こえるかどうかの声量で朝の挨拶《あいさつ》をしつつ、部屋の丁度真ん中辺りにある自分のデスクの上に鞄を置き、ほっと一息。

「梶原、ちょっといいか？」

と、隣の席の主任、河原田《かわらだ》が声をかけてきた。三十代半ばの彼は縦に長い体つきをしており、椅子《いす》から立つと身長百七十センチの健二でさえも見上げなければならないほどだ。

彼は朝食代わりに飲み干したゼリー飲料のアルミパッケージをゴミ箱に投げ入れると、猪木《いのき》みたいな長い顎《あご》で目の前のモニターを示した。

「おまえ、土曜の工事失敗したの？　久田さんからメール来てるぞ」

画面を覗き込むと、久田から担当のメーリングリスト宛に再工事の日程について相談したい旨のメールが来ている。

「あの、この件は失敗じゃなくて、工事そのものが出来なかったんです」

「どういうこと？」

一通り土曜日の経緯を説明し終えると、右手に持った三色ボールペンをクルクル回転させながら話を聞いていた河原田は大きな溜め息をついて天井を見上げる。

「勘弁してほしいよなあ。ただでさえ人が足りないってのに。このまま行くとずるずる遅れて、最後は短期間で工事しろとかそういうオチになるぜ。今のところ何日分、もらっているんだ？」

「ええと……」

デスクに立て掛けてあったキングファイルを取り出し、A3ペーパーにまとめた工程表を広げてみせる。

「五日間ですね」

「とするとだいたい三日か、へたすりゃ二日、というとこだな」

健二のチームでは、来月つくばにオープンする新店舗の売り上げ管理システム一式の構築を請け負っている。具体的には、二百近くあるテナントのレジ周りの機器（たとえば、クレジットカードの決済端末や電子マネーリーダーなどだ）を設置したり、それにつなぐ線を天井裏にのぼって配線したりする。

とはいえこれらの作業に取りかかれるのは店そのものの内装（壁とか床とかの工事だ）がある程度終わってからになる。今の調子で内装工事が遅れていくと、河原田の言う通り、工期の短縮という形で皺《しわ》寄せが健二たちに来る可能性も十分高い。なぜなら店舗のオープン日は来月七月十日ですでに決まっており、ずらすことは出来ないからだ。

河原田はボールペンの先端を健二の鼻の先に突き付けると、ぎょろりと大きな目を向け、低く抑えた声で言う。

「梶原、おまえ、ちゃんと久田さんをコントロールしとけよ。機嫌を損ねずに客を操るのもSEの仕事のうちだぞ」

「はあ……」

そんなに器用に人を操る自信がないからSEになったんじゃないか。そもそれは営業の仕事じゃないのか？

「おい、そこの二人、朝礼」

そのとき咳払《せきばら》いとともに総務の社員が声をかけてきた。

振り返るといつの間にか全員が部長席の周りを取り囲むように立っている。健二はぺろりと舌を出しながら河原田とともにそっと他のメンバーの後ろに回る。

前方では部長が一人、演説を打っていた。

「あー、明日から六月に入るが、この第1四半期の売り上げは非常に芳しくない。上半期中にある程度の案件を受注しなければ、本年度の売り上げ目標の達成はかなり厳しくなるのは皆もよくわかっている通りだ。そして、増収増益。これを成し遂げるためには売り上げの拡大とともに、今以上に徹底したコスト管理に努めて欲しい」

河原田がぼやく。

「コストコスト言う割りには、上の連中は赤字案件ばかり持ってくるよな」

「ですね」

健二も頷く。下請け案件が多いせいなのか、はたまた業界の構造上の問題なのか。

「……えー。そこで、だ。皆も既に知っている通り、我が社では今後の更なる発展のために、出資元である華泉礼《かせんれい》商事さんから三名の精鋭をお迎えすることになった。そして、そのうちのお一人には本日から我が部に在籍していただくことになる——石峰《いしみね》真夜《まよ》さん、どうぞこちらへ」

部長の陰から、ダークスーツに身を固めた一人の女性が前に進み出た。

健二もその顔を見ようとするが、前に立っている人が邪魔でよく見えない。

頭と頭の間に顔を割り込ませるようにしたところで、微かな違和感を覚える。

それは、——既視感。

「ただいまご紹介にあずかりました石峰真夜と申します。華泉礼商事株式会社経営企画室より参りました。至らない点も多々あるかと思いますが、皆様、どうぞご指導のほどお願いいたします」

深いお辞儀の後、再び正面を向いた顔。

どこからともなく、溜め息が漏れた。

きめの細やかな白い肌。濃い睫毛。切れ長の目。通った鼻筋。ほんのり朱に染まった唇。そして艶やかな長い黒髪。

華奢《きゃしゃ》な体を持つ彼女は、誰をもはっとさせるほど美しかった。纏っている空気が一人だけ違っていた。

だが、健二を戸惑わせたのはそれだけではない。

似ていたのだ。

先週の土曜日の夜、秋葉原のメイド喫茶で会った女性に。忘れ物を持って駅まで追いかけてきてくれた彼女に。

狐《きつね》につままれたとはまさにこのことを言うのだろう。

そんな、まさか……？

「おい、どうしたんだ？　ぼーっ、として」

目の前を手が上下する。我に返ると、河原田が怪訝《けげん》そうな顔で覗き込んできている。いつの間にか朝礼は終わっていた。彼女の姿も無い。別のフロアへ挨拶に向かったのだろうか。

「あ、いえ、なんでも」

首を振りつつ自席に戻る。

パソコンの電源ボタンを押して起動を待っている間、肺まで深く息を吸い込み、両手で自分の頬《ほお》をぺしりと叩《たた》いた。次第に頭が冷静さを取り戻してくるのがわかる。健二のSEとしての習性が、自身に対して、遭遇した事態を冷静に分析するように求めてくる。

ちょっと発想が飛躍してないか？

そもそも、自分はあのメイドさんと一回しか会っていないし、顔を合わせていた時間だって一分にも満たない。更に、そのときの自分はアルコールまで入っていた。はっきり彼女の顔を覚えているとはとても言えないはずだ。

なのに、どうして着任したばかりの女性社員と同一人物などと思ってしまったのだろう。

たまたま全体の印象が似ていたのかもしれない。そういうことはままあることだし。

と、隣の席の河原田がギッと乱暴な音を立てて背もたれにもたれかかりながら、独り言のように呟《つぶや》いた。

「しっかし、石峰さんねえ。年下の上長ってのはどうもなあ。絶対にやりにくいだろうな。どうよ、梶原としては？」

「……え？」

意味がわからず問い返す。

「上長？」

「おいおい、説明受けただろ。金曜日の午後、佐々木《ささき》さんから」

「その日の午後は外出してました」

「あ、そうだっけ」

佐々木さんというのはうちの担当のチーフだ。最近、体調を崩して会社を休みがちなので、その分の皺寄せがメンバーに来ているのだけど。

「じゃあおまえは初耳か。とにかく、佐々木さんはうちの担当から外れ、今週から俺たちの上長は石峰さんになる、と、そういうことだ」

「はい？」

唐突な話に一瞬、思考が停止する。彼女が上長に……？

「ねっ、ねっ、ねっ！」

突然、真向かいの席からややテンション高めの声が上がった。髪を真ん中で分け、丸眼鏡をかけた小柄な男性。飯島《いいじま》という健二より三つ上の先輩で、趣味のパソコン好きが高じてそれをそのまま仕事にしてしまったということの業界にはよくありがちなタイプの人だ。

「ねっ！　みんな、ちょっと見てよ、これ」

飯島が目をきらきら輝かせながら自席の液晶モニターを指さしている。健二は河原田と一緒に反対側に回り込み、画面を覗き込む。

顔写真がずらりと並んでいるWebページ。上部のタイトルには『二〇〇八年度入社 新入社員紹介』と表示されており、全体的にスーツを着慣れていないのか、ぎこちない顔の人が多い。

「なにこれ? うちってこんなに新卒とってたか?」

「違うって。華泉礼の新卒一覧。向こうの社内イントラから引っ張ってきた」

「は? 飯島、おまえなにやって……」

「別に大丈夫だって。だって今、うち、華泉礼のシェアポイントサーバーの管理請け負ってるでしょ。メンテ用のアカウントで接続しているわけ。……それよりもこれ」

指し示した先を見て、思わず、あ、と声が漏れた。

さっき見た顔がそこにあった。

切れ長の瞳、長い睫毛、きめの細かい白い肌。

写真の下には『石峰真夜』

——一九八五年、神奈川県生まれ。レミエル女学院高等学校卒。ケンブリッジ大学卒。特技・ピアノ。趣味・音楽鑑賞。

英国の大学出で、天下の華泉礼商事社員。まごうことなきエリートだ。けれど、なによりも問題だったのは、今年入社三年目……。現場を知らないエリート様ってところか」

「二〇〇八年度入社ってことは、今年入社三年目……。現場を知らないエリート様ってところか」

河原田が自分の額をぺしりと叩いて呻《うめ》く。

ケーイージーでは入社三年目までは、人件費ではなくて物件費扱いだ。健二も『とにかくおまえは足を引っ張らないことだけ考えろ』と言われ続けた。

「梶原おまえ、今、いくつだっけ？」

「二十七です。入社五年目です」

河原田が大きな溜め息とともに椅子にどっかりと座る。そして、膝《ひざ》の上で足を組み、役者みたいに両方の掌を上に掲げてみせる。

「まいったな、俺たちに帝王学のOJTに付き合えってことか？　案件数はうなぎ登りなのに人員増の気配は無し。反対に外注費は削られ、余裕はどんどん減っている。そんな状態なのに、よりによってやってきたのは腰掛けマネージャー」

「でも結構、あの子、レベル高いじゃん？　それだけでもラッキーと思うのはダメなんかね？」

飯島の言葉に集まっていた他のメンバーが次々と否定的な反応を示す。

「まあ、確かに綺麗《きれい》だとは思うけどさ。仕事となると話は別でしょ」

「聞いてないぜ、年下の上司なんて」

「他の部署に来たのなら眼福かもしれないけどさ、いざ、下に入るとなるとちょっとね」

「私やだなあ」

「そういえば梶原はどうなのよ？　おまえが一番、歳近いんだろ？」

いきなり水を向けられた。

「え……？　いや、まあ、僕は別に……」

「あーっ、たくおまえはいつもはっきりしねえなあ！」

げんなりしたとき、一番端のデスクに座った事務アシスタントの女子から声がかかった。

「梶原さん、お電話です。キーレンの久田さん」

手元の電話を取り上げつつ、嫌な予感を覚える。月曜朝一の電話にはろくなものがない。

電話の内容は、案の定、相談したいことが出てきたので今から来てもらえるか、という唐突なもので、それ加えて、午後の現地調査に立ち会ってほしい、というおまけまで付いていた。

電話を切るなり、なかば投げやりにデスクの上にあった書類の束と作業用のモバイルPCを鞄に放り込み、席を立つ。

「戻りは夜になりますから！」

やけくそ気味に周りに宣言しつつ、フロアの間を大股《おおまた》で通りに抜けていく。

この調子だと弁当にありつけるのは帰社してからになりそうだ。

そしてフロアの扉を開き、数歩進んだところで、向こうから石峰真夜がやってくるのに気づいた。切れ長の瞳をひたと真正面に見据え、小脇《こわき》に書類と手帳を抱えている。

思わず足を止めた。

やっぱり……似ているような。

顔に笑みはないが、人形を思わせる雰囲気が彼女を思わせる。思い違いなんかじゃないかもしれない。もしかすると本当に彼女はあのときのメイドさん……。

じっと見ていたら目が合い、彼女もまた立ち止まった。

気づいたときには思わず声をかけていた。

「あの……」

「どちらに行くのですか？　外出は行き先を告げてからお願いします」

発せられたその声は、予想外にもぞっとするほど無機質で冷たかった。ともすれば詰問されているかのような。

彼女のこちらを見る目がすっと細められ、思わず身が縮む。

「え……と、あの、すいません、お客さんのところです。打ち合わせと現調《げんちょう》で」

「終わるのは何時になりますか？」

「七時には終わると思うのですが」

「そう。でしたら——」

彼女は手に抱えていたA5サイズの手帳を細い指で捲り、

「——ミーティングは八時からにします。遅れるようでしたら電話をください」

「夜……からですか？」

思わず声が上擦る。

直後、強い視線が健二の顔を射竦《いすく》める。

「ええ。やるべきことはたくさんありますから」

静かだが有無を言わせぬ強い口調に健二が言葉を失っているうちに、彼女はさっさとフロアへ戻っていってしまった。

廊下にぽつんと取り残される健二。

感情の排された事務的な声に、相手を射竦める強い視線。

土曜日の優しげな雰囲気の彼女とは全然違う。

だけど……。

喉《のど》に小骨がひっかかったような、そんな落ち着かなさを抱えたまま、健二はエレベーターでロビーに降りる。

そして電車の時刻を調べようと携帯のディスプレイを開いた瞬間、はた、と思いついた。久田に頼むというのはどうだろう……？

＊

壁に掛けられた時計は午後八時三十分を示している。

パーティションで区切られたミーティングルームの中はピンと張り詰めた空気が漂っていた。十名前後いるメンバーの誰《だれ》一人として言葉を発しない。外から他部署の電話が鳴る音、キーボードを叩く音だけが聞こえてくる。

じっと腕組みをして目を瞑《つむ》っている者、指先でボールペンを回している者、中身が空になった紙コップを解体している者。

客先での作業が長引き、たった今この部屋に入ってきたばかりの健二は、場の張り詰めた空気の理由がわからずただ黙って隅で縮こまっているしかない。

唯一つわかったのは、不審、不満、反発といった類の負の感情が、すべて会議卓の一番端、ディスプレイ横に悠然と腰掛けた石峰真夜、ただ一人に向けられているということだ。

どうしてこんなことになっているんだ？

と、業を煮やしたのか、足を組んで座っていた主任の河原田が手を挙げ、発言を求めた。

「申し訳ないんですけど、さっきの件、もう一度、説明していただけますかね？　この場の誰も納得してないみたいなんで」

「わかりました。ご理解いただけるまで、何度でもご説明しましょう」

河原田に一瞥《いちべつ》を投げながら石峰が席を立ち、壁際のディスプレイに再び一枚のパワーポイントを投影する。

『キーレン社ＰＪの収支改善について』という表題が付けられた資料には、いくつかの棒グラフとともに、製造原価や利益率といった文字が並んでいる。

「さきほど説明した通り、赤字案件の解消がケーイージーの今期目標です。そして、みなさんが担当している本案件については収支率が百二十パーセント、すなわち百円を稼ぐのに百二十円かかっている状態。これを九十五パーセント、コストは現状から二十パーセントダウンまで持って行くというのが会社からの指示です」

「それがまさに朝令暮改という奴だと思いますけどね」

　彼女の話を遮るように河原田が噛《か》み付く。

「元々、これは赤字前提で副社長が無理矢理獲《と》ってきた案件ですよ。つくば新店舗で実績を作れば、今後、他店舗の案件も受注出来るからという理由で。それを今さら黒字化しろと言われても、そりゃ無理な相談です。単純に顧客の要求スペックを積み上げるだけで赤の状態なわけですから。それを現場にどうしろっていうんですかね？」

　同調するかのような視線が一斉に石峰の方に向けられるが、壁際で腕組みをした彼女は一切動じるそぶりを見せない。

　なんだか嫌な気分になってきた。

　会社からの指示事項について、彼女を責めたところでどうなるというんだろう。しかも相手は今日着任したばかりだというのに。

　そもそも、赤字案件の存在があたりまえだと考えるのはやっぱり感覚が麻痺《まひ》していないだろうか。

「既にいくつか方法は考えています。まずは飯島さん」

「……？」

突然名前を呼ばれた飯島が怪訝そうに顔を上げると同時にディスプレイがエクセルの表に切り替わった。

表示されているのは今回のプロジェクトに関する協力会社、すなわち下請け企業の一覧。三社の会社名が並べられた隣の列には委託を予定している作業内容と金額が記されている。

「これらのうち、実際に発注書を出したところを教えていただけますか？」

「ええと、一番上のA社だけです。残りは後工程ですから見積書をもらっただけですね」

「そうですか。ではその残り二社——X社、K社と価格交渉し、金額を下げてください。目標は現状から三十パーセントダウン。それでも市場価格を考えれば妥当な金額です。もし折り合いがつかない場合に備え、並行して他社にもあたってください。報告期限は今週金曜日の午後五時まで」

「な……？」

戸惑いがちに飯島が反論する。

「あの、この段階でそこまでの値切りは無理です。委託先を代えるにしても、今さらそんなことをやっていたら納期に間に合わなくなります……」

「そのどうしても無理な理由というのを教えていただけませんか？」

そのときだった。

バコッという、誰かが机の下を蹴《け》り上げる音がした。

健二を含め、数人が音がした方に顔を向ける。

河原田だ。

背もたれに寄りかかり、腕組みをしながら石峰を睨《にら》み付けていた。

「さっきから聞いてりゃ無茶ばっかり言ってくれますね。プロジェクト潰《つぶ》す気ですか？　構築まであと一ヶ月というところで、下請けを代えろって言われても無理なんですよ。仮に間に合ったとしても、作業手順を一から教える余裕なんて現場にはありませんよ」

「私にはそれほど難しいことには思えません。懸念されている作業手順についても、マニュアルを先方に渡せば済む話だと思いますが」

河原田が鼻で笑う。

「現場ではそういちいちマニュアルなんて作ってられませんよ。今の営業が連れてきた委託先だって、たまたま過去に何度か発注したことがあるから使い物になっているわけであって」

と、いつの間にか近付いていた石峰が河原田の真後ろに立ち、すっ、と目を細めて、凍てつくような声で言った。

「おかしいですね、この部署ではＩＳＯ９００１《アイエスオーきゅうせんいち》の認証を取得していると聞いていましたが」

うっ……という呻き声と同時に、河原田の顔色がみるみる青ざめていく。

「とするなら、マニュアルは最低限、作成されていなければいけないもののはず。――そして、ここのＩＳＯ取得責任者は……河原田さん、あなたですよね？」

追い打ちをかけるように、ばさり、と『ケーイージー・インフォテック株式会社ＩＳＯ９００１認証取得の手引き』と題された一冊のバインダーが河原田の目の前に置かれる。

確かに、以前の朝礼で部長がＩＳＯ認証取得に向けてがんばろー、とかどうたら言っていた気がする。

ＩＳＯとは企業における製品・サービスの品質管理手法を定めた国際的な認証資格

のことで、数年前から官公庁案件の入札条件に加えられることが多くなった。そして取得の基本的条件の一つに、業務手順のマニュアル化というものがあり、万一、このマニュアルが整備されていない、あるいは意図的に作成されていないなどということがわかれば、場合によっては認証取り消しということもあるという。

場の緊張が一気に高まっていく。今にも破裂しそうな大きな風船が宙に浮かんでいるかのよう。

「あの……」

耐えきれず、声を出してしまっていた。集中する視線に、しまった、と思う。自分の悪い癖だ。深く考える前に口が先に動いてしまう。けれど、もう後には引けない。

「えと、その……。マニュアルといいますか、簡単な手順書は僕の方で作ったことがあります。それにちょっと手を加えればなんとかなるかと……」

彼女は顔色一つ変えずに健二の方を向いてこくりと頷き、

「そうですね、それは良い案だと思います。後ほど見せていただけますか」

真向かいの数名の表情が苦々しいものに変わる。余計なことを言いやがって、と言いたげな顔だ。

石峰が全員をひたと見据え、前髪を掻き上げる。

「繰り返しになりますが、赤字プロジェクトの解消は全社方針、社長命令です。私はその達成のためにここに来ました。阻害要因となるものは徹底的に排除するつもりです」

まさにメンバーに対する宣戦布告。邪魔する者は容赦しない、ということだ。

「他の方々には追って指示を出します。それでは今日は以上」

石峰が澄ました表情で書類を抱えて会議室から出て行くと、他のメンバーもばらばら腰を上げる。

――先が思いやられるなあ。

誰かがやりきれなさそうに呟き、河原田が健二の目の前で舌打ちをして立ち去る。

けれど、健二はどうも他のメンバーと同調する気にはなれなかった。上の方針がどうであれ、この場で一番大変なのは他でもない石峰ではないのか。目標が達成出来ない場合、その責任を問われるのは彼女なのだ。

そもそも、この不況下、赤字案件を放置しておけるほど、この会社の経営状態が良いとは思えない。

そのとき、胸ポケットの携帯が震えた。メールの着信。ディスプレイに表示された送信元はキーレン社の久田。

急いでパーティションの陰に入り、内容を確認する。

――梶原さん

ご依頼の物、送付します。

個人ブログにあったものなので、あまり鮮明ではありませんが、よろしければどうぞ。

追伸：今度、また一緒に行きませんか？

――久田

添付された画像ファイルを開くと、メイドさんの姿を捕らえた写真が展開された。

確かに鮮明とは言い難い。それでもそこに写った顔は、あのときの『カヨ』というメイドさんだということはわかる。

健二はそのまま携帯のディスプレイを前方に掲げ、フロアの奥に座っている石峰の横に配置する。

……やっぱり似ていないか？

全体的な雰囲気もそうだが、特に目の辺りがどうしようもなく似ている。

まさかそんなことが、と思いつつも、彼はしばらく石峰から目を逸らすことが出来なかった。

六月五日　土曜日　月齢：二十二

もう一度大きく肺に息を吸い込み、目の前の地下に降りる階段を見据えた。

階段の真上に設けられた看板には丸文字でこう書かれている。

『メイド喫茶　メイプル・ホーム♪』

本当はわざわざ休みを潰してまで来るつもりなどなかったのだ。確かにこの一週間、石峰真夜と『カヨ』というメイドが似ていることはずっと気になっていたものの、正直、自分一人だけで再びメイド喫茶という異空間に足を運ぶのはためらわれていた。

だが、昨日、職場で起こった出来事が、やむを得ずこの場に健二の足を運ばせることになった。

＊

休みを翌日に控えた金曜日だというのに、オフィス内で聞こえてくる溜め息の数はいつもより格段に多かった。石峰の着任によってチーム内のフラストレーションが一気に高まったことが大きな原因だろう。

なにがしかの指示を受けていたのか、石峰のデスクから戻ってくる河原田もいつもより大股歩きで、乱暴に椅子を引き出すとドカリと音を立てて座った。

健二を含めた周囲のメンバーはつとめて目を合わせないようにする。変なとばっちりを受けるのはごめんだ。

と、健二のパソコンの右下に、インスタントメッセージが届いたことを告げるアイコンが点滅する。ダブルクリックで開封し、顔が引きつった。送信者は河原田。

To: Kaji　From: Kawara-
〉命令。あいつを叩き出せ。

「は？」
思わず横を向いてしまった。
鋭い眼光でこちらを睨《ね》め付けてくる河原田が顎をしゃくる。黙って前を向いてろ、ということだ。
慌ててパソコンにかぶりつき、リプライを返す。

Reply-To: Kawara-　From: Kaji
〉あいつ、って誰です？

途端、隣のキーボードを叩く音がひときわ大きくなる。壊すかのような勢いだ。

Reply-To: Kaji　From: Kawara-
〉外様《とざま》で、世間知らずのエリート様に決まってるだろ！

外様とは、出資元の会社などから出向してきている人を蔑《さげす》んでいう社内用語だ。

To: Kaji, Kawara-　From: Iijima

〉二人とも、どしたの？　悩みがあったら相談してよお ;-)

そして飯島から飛んできたメッセージに、河原田が返したのは、

To: Staff-All　From: Kawara-

〉全員に告ぐ。今から、外様を追い出すアイデア大募集。

〉最優秀アイデア賞については梶原が実行に移す。

下を向いていたスタッフ全員の顔が一斉に上がり、健二の方を向く。
彼が慌てて首を横に振ると同時に、
「……どうしました？」
訝しげな石峰の言葉で、再び全員の目線が手元に落ちる。

To: Kaji　From: Kawara-
＞おまえ、自分の余計な一言で俺の仕事を増やしたこと、
＞忘れたわけじゃねーだろうな？

マニュアルのことを言っているのか。でも、あれは元々は自分が作ったものだし、改訂作業だって河原田に命じられて自分がやっているのだけど。
と、メッセージが続けざまにポップアップ。

Reply-To: Staff-All　From: Iijima
＞なに!?　梶原もついにあの圧政に耐えかねたか!?

Reply-To: Staff-All　From: K-Tanaka
＞おおー、さすが俺らが見込んだ漢！
＞さっさとあのアマ叩き出してくれーw

Reply-To: Staff-All　From: Shimizu★
〉やベー、なんかオラわくわくしてきたゾ。
Reply-To: Staff-All　From: Iijima
〉具体的にはなにか策あるのかー？
Reply-To: Staff-All　From: Wataru
〉不倫の現場を押さえるとか……!?
Reply-To: Staff-All　From: Shimizu★
〉そんな噂《うわさ》あるの!?　相手は誰？
Reply-To: Staff-All　From: Wataru
〉経戦《けいせん》の鈴木《すずき》部長…………だったら面白いよなあ。

好き勝手なメッセージが飛び交う。冗談じゃない。こんなことに巻き込まれてたまるか。そろそろ仕事に戻ろうと書類の山の中からクリアファイルを取り出そうとしたとき、新たなメッセージが表示される。

Reply-To: Staff-All　From: K-Tanaka
〉でもなあ、意外とああいう真面目を絵に描いたようなタイプって
〉裏でなんかやってそうだよな。
〉首電《しゅでん》ＯＬ殺人事件みたいにさ。

心臓が一瞬跳ねた。

首電ＯＬ殺人事件。

十年以上前に世間を賑《にぎ》わせた事件だ。

エリート中のエリートと呼ばれる首都電力の女性管理職社員が風俗街の安宿で死体で発見された。実は彼女には一流企業勤めという昼の顔とは別に、娼婦《しょうふ》という夜の顔があり、毎晩のように客引きのために街角に立っていたのだという。どうして彼女は二つの顔を持つようになったのか。

――いや、ちょっと待て。

今、自分は石峰真夜をその事件の被害者に重ね合わせようとしていなかったか？　平日は将来を嘱望された華泉礼商事の総合職社員。一方で休日はメイドさん。

そんな考えは彼女にも、そしてメイドさんにも失礼極まりない話だ。そもそも、メイド喫茶は風俗業とは違うし。第一、石峰真夜がメイドをやっているなんてのも半分自分の妄想に近いわけだし。

とはいえ、もし彼女がメイドをやっているとするなら、それはどんな理由があってのことだろう……？

確かめたい。確かめなければ。思い違いだったらそれはそれでいい。でも、もしそれが本当のことだったら。

「……おい、梶原、ぼーっ、とするな」

河原田の声に我に返り、モニターに視線を戻すと、新しいメッセージがポップアップしている。

Reply-To: Staff-All　From: Kawara-
〉というわけで、梶原くんには石峰女史のスキャンダルを
〉すっぱぬいてもらうということに全会一致で決まりました！

異議なし！　頑張れよ！　そんなメッセージが連続して到着する。

じょ、冗談じゃないぞ。慌てた健二がメッセージを送ろうとした丁度そのとき、石峰が自分の名前を呼んだ。

「梶原さん、田中《たなか》さん、ちょっと来ていただけますか」

「は、はい！」

手帳を手に立ち上がり、彼女のデスクへ急いで向かう。

そのままうやむやのうちに、健二のミッションは確定してしまったのだ。

＊

そして、今、彼は再びメイド喫茶の前に来ている。

彼は自分に言い聞かせる。なにも『スキャンダル』を暴くのが目的ではないのだ。

むしろ、スキャンダルの種が無いこと、すなわち、あのメイドさんが石峰ではない、ということが確認出来ればいい。そうすれば、河原田に対してもなんら隠し立てすることなく、堂々とミッションの失敗を告げることが出来る。嫌みのひとつやふたつ言われるだろうが、それは仕方ない。

一方で、こうも思う。もし、万が一にも、あのメイドさんが石峰だったとしたら、その理由を聞きたい。どうしてこんなことをやっているんですか、と。

けれど、意に反して自分の足はなかなか前に動いてくれない。

「あの、すいません」

突然後ろから声をかけられる。

振り向くと、後ろに両手に手提げ袋を持った大学生風の男性が二人立っていた。

「あ……」

頭を下げつつ道を空けると、彼らは小走りに階段を駆け下りていく。

ええい、これ以上迷っていても仕方ない。

恐る恐る階段を下りていき、そおっ、とガラス扉の向こうを覗く。

店内は半分くらい客で埋まっている。その多くが男性客だったが、女性客もちらほらいる。

意を決し、汗ばんだ手でノブを摑《つか》み、扉を押し開く。

「お帰りなさいませっ！　ご主人様！」

メイドさんたちの合唱。

髪をツインテールにくくった目のぱっちりした女の子が出迎えに来た。人なつっこそうな笑みがなんとなく子犬を思わせる。

「ご主人様は何名様ですか？」

「ええと、一人……」

「かしこまりました。ご主人様、一名様ご帰宅です！」

周りから奇異に思われるかも、と思ったが杞憂《きゆう》のようだった。よく見ると店内には一人だけで来ている客も結構いた。どうやらそういうのはあたりまえの世界らしい。

席に着き、店内を見回しながら『カヨ』の姿を探す。店内には何名かのメイドさんがいて、みなスカートをふわふわ翻らせながら忙しそうに立ち振る舞っているが、その中に、彼女の姿はない。

「あの、カヨさんって今日、いらっしゃってます？」

注文を取りに来た子犬のようなメイドさんに尋ねてみる。彼女はうーん、と言いながら人差し指を頬に当て、

「カヨさんですかあ？　えっと、さっきお買い物に出かけたのでもう少ししたら戻ってくると思いますよお」

帰ってきたらご主人様がお待ちになっていたこと、伝えておきますね。そう言ってキッチンに戻っていく。

待つしかない。健二は暇つぶしに壁に貼られたポスターに目をやる。『新メニュー・抹茶ラテ登場』『メイプル・ハーモニーオリジナルコースター販売開始！』そして、『キッチンスタッフ急募！』

ホテルの厨房でバイトをしていた学生時代を思い出す。あまりにものめり込みすぎた結果、一時期は本気で料理人を目指そうと思ったこともあるくらいの自分にとっては、少しだけ古傷に触れる文字だ。

ふと思う。もし自分が大学四年生のとき、周りに流されるまま就職活動なんかせずに、当時、尊敬していたシェフのもとに思い切って飛び込んで、料理人の修行を積む道を選んでいたとしたなら、今頃自分はどんな人生を歩んでいたんだろう？

書かれている内容をもう少し詳しく見ようと壁に向かって目をこらした、そのとき。

「ご主人様、大変お待たせいたしました。キリマンジャロをお持ちしました」

「――――っ！」

聞き覚えのある声に体が固まった。

頭の中が一瞬、真っ白になる。

首の骨が軋《きし》むような錯覚を感じながら、ゆっくりと振り向く。

小さな白い手がコーヒーカップをテーブルの上に置くところだった。

華奢な腕、フリルのついた衣装に飾られた細い肩、ほっそりした首筋、うなじ、小さな口、すっと通った鼻筋、大きな黒目が印象的な切れ長の瞳。

そして、――目が合った。

瞳が大きく見開かれる。

口元に当てられた白い手が細かく震える。

「……どう……して……」

彼女はかすれた声でようやくそれだけ言うと、二、三歩よろめく。

健二もまた言葉を失う。

想像はしていた。心の中で準備もしていた。けど、実際に本人を目の前にすると頭の中は真っ白になってしまって。

「え?」

突然、二の腕を摑まれ、引っ張られた。

すがるような目が健二を見つめてくる。震える小さな唇が微かに動き、「おねがいです」の言葉を形作る。

導かれるがままに席を立ち、扉へと向かう。店内の視線が自分たちに集中するのがわかるが、今はそんなことを気にしている余裕は無い。

「カヨさん、どうしたの？」

異変に気づいた、子犬のようなメイドさんが目をまん丸くして立ち止まる。

「ええ……と、あの、買い忘れがあって……」

そのまま店の外に出ると、休日の人で溢《あふ》れる秋葉原の街をずんずん突き進んでいく。メイドさんと、彼女に引っ張られる男。周囲の好奇の視線が突き刺さる。

やがて人通りの少ない裏道に入り、雑居ビルの非常階段を上った踊り場まで来てようやく健二は手を離された。

雑踏の音が遠くなり、日陰の湿っぽい空気が彼らを包む。

立ち止まった彼女は両手を膝に突き、肩で息をしていた。呼吸に合わせてメイド服のリボンとフリルが大きく上下に揺れる。真っ赤に上気した横顔はとても艶っぽくて、健二は思わず息を呑んだ。

「ええと……、石峰さん？」

その声にぴくりと反応した彼女が顔を上げる。おどおどと、視線に全く落ち着きが無い。会社で見るいつもの澄ました様子の彼女からは想像もつかず、同一人物とは思えないくらいの変わり様だ。

「あの……」

唇から小さな声が漏れ出る。

そして、

「ごめんなさい」深々と頭を下げ、「勝手なことを言っていることはわかっています。でも、お願いです。このことは内密にお願いします」

「う、うん……」

もとよりそんなつもりは無い。ただ、自分は気になっていたことをはっきりさせたかっただけで。副業しているのがわかったからといってそれを誰かに言うなんてことは無い。

彼女が両手を握ってくる。肌の感触がやたらと艶《なまめ》かしい。必死な表情からはまだ健二の言葉を完全には信じていないことが窺《うかが》える。

「皆さんが私にあまり良くない印象を持っていることは知っています」

「いや、そんなことは……」

伏し目がちに頭を振りつつ言葉を遮り、続ける。

「そして、私を追い出すために、梶原さんが私の弱みを握るように言われていることも。だから、実を言うと今日は万が一のことを考えて、ここに来るか少し迷っていたんです……。でも大丈夫だろう、って、そう思って……」

……え？

「ちょっ、ちょっと待ってください！　今、なんて言いました？　僕が石峰さんの弱みを……握る？」

眉間《みけん》に皺《しわ》をよせて、彼女が頷く。

「はい。みなさんがやりとりしているインスタントメッセージのログ。あれ、マネージャーは全部、見られるようになっているんです」

人でごった返す歩道上で、ハンドマイクを手にした家電量販店の店員がセール中の商品名をがなりたてている。店頭では液晶モニターに新作ゲームのデモ映像が映され、それを多くの人々が取り囲むようにして眺めている。

健二はその様子を横目に見つつ、俯《うつむ》きがちに中央通りを歩く。

絶対に言いませんから。さっきはそう何度も繰り返したものの、彼女は寂しそうに微笑んで頷くだけで、やがて「もう戻らなきゃ」と言って雑踏の中に消えていった。

メイド服のリボンが儚《はかな》げに揺れていたのが妙に脳裏に焼き付いている。

結局のところ、信じられていないのだろう。

それはそうだ。彼女はあの敵意むき出しの罵詈《ばり》雑言《ぞうごん》を見てしまっているのだ。信じろと言う方が無理な相談だ。

でも。納得がいかなかった。信じて欲しかった。

数多《あまた》の客の相手をしている彼女は当然覚えていないだろうが、自分が初めて会ったのは『メイドのカヨさん』の方なのだ。会社で出会う姿と、どちらが本当の彼女なのかはわからない。けれど、少なくともこれだけは言える。自分と会ったことでこのメイド喫茶から『カヨさん』がいなくなるなんてことになったら、それはあまりにも寝覚めが悪い結末だ。

哀しげな彼女の表情に胸を締め付けられる。

どうすれば信じてもらえるのか。

横断歩道の前、信号待ちの人々の後ろに付く。そして何気なく視線をゲームセンターの店頭にやった瞬間、体の中をなにかが突き抜けていく様な感覚を覚えた。

クレーンゲームが並ぶその脇《わき》。壁に貼られたオレンジ色の小さなポスター。そこに記されたスタッフ急募の文字。

そうか。そういう方法もあるかもしれない。

我ながら突拍子も無い考えだと思った。何を馬鹿げたことを、とも思う。

でも、これ以外に良い方法なんて見つからない。だとしたら、いちかばちか、やってみるしかないんじゃないか……？

＊

オーブンが開かれると香ばしい匂いがキッチン全体に広がった。プレート上の四個のハンバーグが皿の上に盛りつけられ、付け合わせとして人参のグラッセが添えられる。

「わあ、いい匂い！」

柱の陰から髪をツインテールにまとめた小柄なメイドが顔を覗かせ、子犬みたいに小さな鼻を動かし匂いをかぐ。

「味見してもいいかな？」

訊《たず》ねたときには既にフォークとナイフでいくつかの大きな肉片に切り分けられており、すぐさま、そのうちのひときわ大きな欠片《かけら》が小さな口いっぱいに頬ばられる。

そしてすぐに頬が緩み、うっとりした表情に変わっていく。

「——美味しい！　うん、こんなにお肉の汁がいっぱいのハンバーグなんてめったに食べられないよ！」

と、目の前の皿がひょい、と持ち上げられる。

「これ、カヨさんにも食べてもらわなくちゃ！」

「ちょ、ちょっと！」

言うが早いが、ハンバーグを手に小走りにホールへ出て行く。

その先にいたのは石峰真夜。

手にしたモップで閉店後の店内を清掃している彼女は、潤んだ瞳も相俟って、どことなく哀しげな雰囲気を醸し出している。そして溜め息一つ。

「カヨさん、さっきから元気無いですねえ」

「そ……、そうですか？」

顔を上げた彼女は慌てて笑顔を作ってみせる。

「そうですよお。ミハルは心配してるんです。……で、そんなカヨさんに元気の出るものをお持ちしました！」

目の前にずい、とハンバーグが突き出される。

「これは？」

「いいから食べてみてくださいって」

訝しげな表情で肉片を小さな口へ運び、

「わ……」

目がまん丸く見開かれる。

「ミハルちゃん、これ、美味しい……。誰が作ったの？」

「またまた、しらばっくれちゃって。カヨさんがスカウトしたんでしょ？」

ミハルがにやりと笑いながら店の奥、キッチンの方に顔を向ける。

ホールとの間を仕切るウェスタンドア越しに、顔を覗かせていたのは——。

「梶原……さん……？　どうして……？」

気まずそうな顔をした健二が慌てて目をあさっての方向に逸らす。

「あれ？　……もしかして、本当にカヨさん知らなかったんですか？」

きょとんとした顔のミハルに石峰がこくりと頷く。

健二はぎくしゃくした動きでホールに出てきて、彼女の前で立ち止まると、

「あの、明日からここでお世話になることになりました……。よろしくお願いします……」

そう言って深々と頭を下げる。

「そんな、どうして……？」

答えの代わりに震える指で壁に貼られたポスターを指し示した。

――キッチンスタッフ急募。

言葉を失い、その場に立ち尽くす彼女。

「ええと、あの……」

彼は言葉を探すかのようにしばらく視線を宙に彷徨わせる。やがて、大きく息を吸い込むと、視線を彼女に向け、

「こうでもしないと……信じてもらえないと思ったんで。僕が共犯者になればとりあえずは信用してもらえるかな、とそう思って……」

「だからといって、どうしてこんなこと」

彼女の微かに震える声を聞きながら、健二は顔を真っ赤にさせつつ、必死に言葉を続ける。

「うーんと、あの……、うまく言えないんですけど、カヨさんにはメイドを続けて欲しいな、って思っているんです。実を言うと、僕、石峰さんに会う前に、この店でカヨさんの方に先に会っているんです。で、そのとき、ちょっといいなって、思ってい

て……」

「え……？」

「僕のせいでカヨさんがいなくなるなんてことになったら、なんか寝覚めが悪いと思って。だから……」

それが限界だった。顔を俯かせ、そのままぷつりと言葉を途切れさせてしまう。

と、いきなりミハルが彼の二の腕を摑んだ。

「よし、じゃあ、早速明日に向けて研修スタートです！　まずは店内の案内。ミハルについてきなさい」

「う、うわっ⁉」

店の奥に連行されながら、一瞬、健二の視線の隅に困惑しきった表情でこちらを見つめている彼女の顔が映る。

やっぱりやめておけば良かった、と一瞬後悔するものの、もう引き返すことは出来ない。

それしか術はなかったのだ。そう自分に言い聞かせ後ろを振り返る。そして、今度は石峰の顔を真正面から見つめると、一度、大きく頷いて見せた。

第2章　ハングアップ・クールダウン

六月七日　月曜日　月齢：二十四

週の初めは朝から雨で、オフィスの中は陰鬱《いんうつ》な表情ばかり。受話器はいつもより乱暴に置かれ、キーボードを叩く音も心なしか大きく感じられる。

そんな中、梶原健二は一人、心ここにあらずといった感じだ。両手はキーボードの上に置かれたまま全く動いておらず、画面はとうの昔にスクリーンセーバーに切り替わっている。時折、視線をオフィス右手奥に向けては、小さな溜め息をつく。

視線の先には石峰真夜。いつもと変わらない澄まし顔でデスクに座っているが、昨日、一昨日はメイド服にその身を包み、柔らかな笑みを浮かべながらご主人様やお嬢様方にお給仕していたのだ。なんだか未だに信じられない。

結局、昨日はほとんど彼女と話すことが出来なかった。自分がキッチンの仕事を覚えるのにほとんどの時間を取られてしまったこともあったが、彼女の方もあからさまに自分を避けようとしていたからだ。たとえば、スタッフルームで万が一にも二人きりになるようなことを避けるためかほとんど休憩をとっていなかったし、閉店後も顔を合わせないように健二があがる前にさっさと家路に着いてしまっていた。

やっぱり彼女は自分を信じていないのだろう。確かにいきなりあんなことをして、信じてくれ、という方が無理な相談だ。それぱかりじゃなく、ひょっとして自分は彼女の嫌悪の対象になってしまったのではないか、という不安さえも覚える。

そんなことをつらつら考えていると、唐突に左肩を小突かれた。

横を向くと、不機嫌な顔をした河原田がパソコンのモニターを指さしている。画面を見ろ、ということらしい。

スクリーンセーバーを解除すると、インスタントメッセージが届いている旨を告げるアイコンが点滅していた。

確かこれらのやりとりを彼女は全部見られるんだよな、と思いつつ、クリックする。

To:Kaji　CC:Staff-All　From:Kawara-

〉で、土日で成果はあったのか？

〉おまえが掴んだスキャンダルを全員に報告せよ。

辟易した。勘弁してほしい。

Reply-To: Staff-All　From:Kaji

〉えーと、なんのことです?

周囲の顔が一斉に上がり、鋭い視線が向けられる。まるで針の筵《むしろ》だ。

慌ててメッセージを打ち込む。

Reply-To: Staff-All　From:Kaji

〉いや、そんなこと言われてもなにをすればいいかわからなくて。

Reply-To: Staff-All　From:Kawara-

〉尾行とか、盗聴とかいくらでもやり方はあんだろ。

なんか無茶苦茶なことを言い出した。

Reply-To: Staff-All　From:Shimizu★

〉それって犯罪じゃない？

Reply-To: Staff-All　From:Kawara-

〉犯罪じゃねえよ。それに喩《たと》えだ喩え。

〉梶原が興信所と同じことをすればいいだけってこと。

〉よく地下鉄の中吊《なかづ》りで宣伝してるじゃねえか。


どうしてそんな探偵みたいなことをやらなければいけないんだ。このままの流れだと、今以上に面倒なことになりそうな気がして焦る。

と、そのとき石峰真夜が席を立ち、書類を手にフロアの外へ出て行く。

健二もなかば弾かれるようにして椅子から立ち上がり、

Reply-To: Staff-All　From:Kaji

中途半端なメッセージを全員に送信すると、小走りに彼女の後を追う。

その場から逃れたい気持ちもあったが、なにより今のやりとりを彼女が見ていたかと思うと、いても立ってもいられなかった。出来ればなにか一言声をかけたい。

フロアから出ると、小さな体がエレベーターホールの角を曲がるのが目に入る。廊下を走り、丁度エレベーターに乗り込もうとしていた背中に声をかける。

「石峰さん！」

彼女がぴたりと足を止め、ゆっくりこちらを振り返る。

けれど、その表情は思いのほか険しく、健二の頭の中はいきなり真っ白になってしまう。声をかけたまではいいが、話す内容を全く考えていなかった。

「……なんでしょう？」

「あの……、その……、ええと……」

背後でエレベーターの扉が閉まる。電光板の階数表示が上昇していくのに合わせ、彼女の眉《まゆ》も不機嫌に吊り上がっていく。

「さ、さっきのことですが……、その……」

「出来れば」

健二の言葉を途中で遮り、目をすっと細めぴしゃりと言う。

「結論からお願いしたいのですが」

「うっ」

そのとき電子音とともに隣のエレベーターが開き、中から何名かの社員が降りてきた。競合会社が発表したばかりの新商品について話しながら、二人の脇を通り過ぎていく。

開いたままの扉にちらりと視線をやり、そのまま歩き出そうとする彼女。

「えー……と、ここではなんですから、別のところで！」

慌ててそれだけ言うと、廊下まで後退りし、脇にずらりと並ぶ会議室を見渡す。その中から扉の脇に空室であることを示す緑のランプが灯っている一室を選び、カードリーダーに社員証をかざし銀色の鉄扉を開く。

照明のスイッチを入れると、四十人は優に入れそうな長い机が四角く配置された室内が白々と浮かび上がった。予想以上に広い部屋を選んでしまったことに、少しだけ後悔するがこの際仕方ない。

「すいません、お待たせしまし……」

後ろを振り返って息を呑む。腕組みをした石峰が健二を睨み付けながら扉の前で立っている。

思わず後退りながら、体の前で両手を左右に振る。

「さ、さっきのメッセンジャーのやりとりの件でちゃんとお話ししておきたいと思いまして！」

彼女の眉間に更に皺が寄る。

「先輩たちはああ言っていますが、僕は本当になにもしませんから！」

その言葉に微かに視線を落とし、小さく息を吐いた。

「そのこと、ですか。誤解なさっているようですが、私は別にみなさんのやりとりをリアルタイムでチェックしているわけではありません。ログは後日まとめて見るようにしていますから。――それよりも」

切れ長の瞳がすっ、と細められ、

「勤務時間中は業務に集中するようにしてください。加えて、会社のリソースを業務以外に利用するのは感心しません」

「す、すいません……」

「用件が済んだのでしたら行きますね」

背中を向け、ドアの方に向かう。

「あ、あの……！　待ってください！」

今朝から感じていた彼女に嫌悪されているのではないか、という不安は、抑えられないほどまでに膨らんでいた。

「まだお話しがあるんです。……土日のことです！」

ドアノブを回しかけていた彼女の手がぴたりと止まり、肩が微かに震えた。

「すいませんでした、一昨日は勝手なことをしてしまって。もし石峰さんが迷惑に思うのでしたら、そう言っていただけませんか。僕は店を辞めます。もちろん、辞めたからと言って、あのことを誰かに言うなんてことは絶対にありません」

一気にそれだけ言うと、健二は深々と頭を下げる。固く握りしめられた両脇の拳《こぶし》が震えているのが自分でもわかる。視線は足下に向けられたまま動かすことが出来ない。

ややあって、

「別に……」

かすれ気味の小さな、そしてどことなく不安げな声が聞こえた。

健二が恐る恐る頭を上げると、目の前には細眉を八の字に曲げ、戸惑ったような顔。

「あの、別に……迷惑なんてことはありません。あなたをスタッフに採用したのもお店が決めたことですから、それについて私がどうこう言うつもりはありません。ただ……」

「ただ？」

彼女は視線を健二から逸らし、床に落とす。

「一つだけどうしてもわからないことがあるんです。それについて教えていただきたくて」

健二は息を呑み、こくりと頷く。

石峰が再び顔を上げ、まっすぐな目線を健二に向けてくる。そして小さな口を開き、

「どうしてそこまで……」

そのとき、どこからか内線ＰＨＳの着信音が鳴りだした。

彼女のスカートのポケットの中からだ。取り出した端末の液晶を一瞥《いちべつ》するなり、怪訝そうな表情を浮かべ、通話ボタンを押す。

「はい、石峰ですが」

内容を健二に聞かせたくないのか、部屋の隅に移動し、マイクを手で覆い声を潜める。

ただ、その顔が段々と険しいものに変わっていく様から話の内容があまり質の良い

ものではないことだけはよくわかった。

そして会話を終えて戻ってきた彼女は顎に手を当ててしばらくなにかを考えた後、つと鋭い視線を健二に向けて言う。

「急ぎで対応しなければいけない案件が入りました。梶原さん、お手伝いいただけませんか？」

そう言われて断れるわけがない。健二は頷くほかなかった。

ＳＥ部の居室に戻ると、フロアの真ん中、観葉植物が置かれたスペースに人だかりが出来ていた。河原田や飯島たちに取り囲まれるようにして、別の部署の男性社員二人が立っている。ぽっちゃりした体型の男性は、面識はないものの健二とそう歳が変わらないように思える。もう片方、ノンフレームの眼鏡をかけた一人の顔には見覚えがあった。たしか営業部のマネージャーの早竹《はやたけ》とかいう人物で、数ヶ月前、大型案件を受注したとかで社内で話題になっていた。

「あー、なんでわからねえかなあ！」

河原田の怒声が響く。

「その対応をうちがやる理由が無いんだよ。クレームって言っても言いがかりだろ、それは！　だから断るって言っているんじゃねえか！」

「たとえそう思ったとしても、お仕事をいただいている立場としては出来るだけお客様のご要望に添った対応をするという考えが当然では？」

ダークグレーのスーツに身を固めた早竹が眼鏡のツルを押し上げながら河原田に鋭い視線を向ける。

「ああ、そうかい。ボランティア精神旺盛《おうせい》なことは結構なことじゃねえか。でも、それだったら営業だけで行けばいいだろ？　わざわざ俺たちまで巻き込むんじゃねえよ！」

と、隣にいた石峰が輪の中に進み出た。周りの視線が彼女に集中する。

早竹の前に立った彼女の顔は丁度彼の肩の位置に来る。それでも腕組みをし、切れ長の瞳で相手に向ける視線は威圧感十分だ。

「お待たせしました。お話は直接私が伺います。こちらへ」

そう言うなり相手に背を向け歩き出す。目の前の人垣が割れ、道が作られる。そのまま、三人はフロアの隅にあるパーティションで区切られたミーティングスペースの中に入っていく。

　健二がどうしようか、と迷っていると、

「梶原さん」

　中から石峰の一声。

　周囲の注目を一身に浴びながら彼もまたミーティングスペースに入り、下座に着く。早竹の睨め付けるような視線に思わず首を竦める。なにかに印象が似ているな、と思っていたが、それが蛇《へび》であることにようやく気づく。

「他の方は業務に戻ってください」

　石峰の声に中を覗き込もうとしていた部員たちがめいめい自席に戻っていく。

「さて」

　テーブルの上で両手を組んだ彼女が早竹に相対する。

「さきほどはお電話をいただきありがとうございました。ですが、メンバーに話すのは私が来るまでお待ちいただきたかったですね」

「その点は申し訳なかった。たまたま同期に声をかけられてしまったものでね。成り行き上ああなってしまったんですよ」

　同期というのは河原田のことか。彼が上席の人間にタメ口をきいていたのはそういうわけか。

「それで、お客様からのクレームというのは？」

石峰が先を促すと、早竹の部下がメールの打ち出しを石峰の前に差し出してくる。

「商品受注処理用のサーバーが昨晩から停止しているそうです。先方は大変お怒りで、至急、復旧対応に来るようにとのことです」

打ち出しを覗き込み、メールの差出人欄を確認する。『A技研システム管理部』とある。確か一年ほど前、オフィス移転に合わせてLAN配線を請け負った顧客だ。

健二は顔を上げ、恐る恐る早竹の顔色を窺いながら口を開く。

「あの、この障害を起こしているというサーバー、うちが構築したものじゃないです。他のベンダーが作ったものだと思いますが」

「ああ。それはもう確認済みだ。だが先方が言うには、昨年うちが請け負った移転作業以来、すこぶる調子が悪くなったらしい。だから向こうはうちがなにかしたに違いないと言っている」

「そんな。仮に移転作業が原因だったとしても、システムを落とすときも移転後の再立ち上げ時もソフトウェア《中身》を作ったベンダーにやらせました。僕も立ち会っていたから間違いありません。うちがなにか言われるのは筋違いです」

石峰の顔を見やると、彼女は小さく頷きながら言う。

「となると因果関係は薄いと思われるわけですから、一度、先方にそう説明してみてはいかがでしょうか？」

早竹は青白い顔に薄笑いを浮かべながら、ゆっくり首を横に振る。

「ええ、もちろんそのことは先方に説明済みで、担当者レベルではご納得いただいているんですけどね。上の方は聞く耳持たずのようでして。それにここはうちにとってプラチナユーザーじゃないですか。たとえ理不尽と思われる要求でも、無下な対応は許されないですよ。ですから、原因究明も含めてＳＥ部さんでご対応いただきたい」

そして睨め付けるような視線を石峰に向け、

「それに我々は今、あなたがしでかしてくださった件の後処理で、正直こっちまで手が回らないんですよ」

「――後処理、ですか？」

「ええ、ＳＥ部さん、この前、キーレン社案件の下請けからＸ社を外したでしょう？あの件でＸ社を含め色々な方面からクレームが入って騒ぎになっているのはご存じかと？」

彼女が顎を引き、鋭さを増した目で早竹を真正面から見据える。

「Ｘ社の件がどうして問題になっているのか私にはわかりかねます。ただ、単に同社の入札価格が他社より高かったからお引き取りいただいたまでのこと」

場を沈黙が支配する。

それから一分ほどが経ち、不意に彼女が言った。

「梶原さん、出かける準備を」

「え？」

そして椅子から立ち上がりつつ早竹たちを見据え、

「正直に申し上げて納得はいっていません。ですが、お客様第一という観点から本件はこちらで対応することにします。対応完了次第、ご報告させていただきます。それでは」

一礼とともに、ミーティングスペースから出る。

健二も慌ててその後を追う。部屋中の視線が自分たちに集中しているのがわかる。

「ちょっと、どうしてあんなの受けたんですか？　どう考えても無茶な話ですよ。解決出来なかったら責任をとらされるのは石峰さんになるんですよ？」

「抵抗するだけ時間の無駄ですから」

「は？」

歩きながら彼女はちらり、と視線を向け、

「彼らはあえて、ＳＥ部に、いえ、私に難題を持ってきたのでしょう」

「なんで……また？」

「この会社には華泉礼商事の口出しを快く思っていない人たちも多いようですから。──では梶原さん、先方のアポ取りをお願い出来ますか？」

「えと、でも、これから経戦部との打ち合わせじゃ？」

「仕方ありません。それも再調整《リスケ》するよう、連絡しておいてください」

淡々と言うと自分のデスクへと戻っていく。

おぼろげながら彼女の言わんとしていることがわかった。確か数年前、華泉礼がケーイージーに資本参加するときに最後まで抵抗したのが今の副社長だったと聞いたことがある。そして、営業部は副社長の影響力が強い部門、いわば副社長派の集まりだ。

営業部はこれを機に華泉礼の「手先」のお手並み拝見、と来たわけだ。

席についた健二はそっと他のメンバーを見渡す。隣の河原田はむすっとした表情で背もたれによりかかりながら技術書を読んでいる。はす向かいの飯島は健二と目が合うなり慌てて視線を手元に落とす。

誰かにヘルプを求めようとしたがこの様子だと無理そうだ。

彼は暗澹《あんたん》たる気持ちのまま、デスクの受話器を上げ、メールに書かれていた相手先の電話番号をダイヤルし始めた。

「すいません、うちの部長、頭に血が上りやすいもので。耳大丈夫ですか、うるさかったでしょう?」

廊下の先を歩くA技研の担当者が頼りなさげな笑みを浮かべている。入社二年目か三年目と思しきその男性のスーツは皺だらけで、生地の薄いパンツの太股近辺はすり切れかけている。普段、あまり客先に出向くような仕事はしていないのだろう。

＊

健二たちがA技研に到着したのは三十分前のこと。応接室に通された彼らを待ち受けていたのは怒りのあまり顔を真っ赤にした先方の役職者だった。頭のバーコード状の毛を逆立たせ、損害賠償だ、法的措置だと息巻く様子を見ながら、いつテーブルの上に置かれたガラス製の灰皿がこっちに飛んでくるかひやひやしたものだ。

「いやー、でも、早めにケーイージーさんに来ていただけて助かりましたよ。でないとそろそろ雷が僕の方に落っこちるんじゃないかなー、なんて心配していたもので」

「いえいえ、ご迷惑をおかけしているのはこちらですから。どうぞ存分に避雷針としてご利用ください。うちのSEがちゃんと直しますので」

営業スマイルのまま調子のいいことばかり言っている自社の営業（さっき早竹チーフの隣にいた男だ）の背中を健二は睨み付ける。本当に障害を解決出来なかった場合のことを考えているのだろうか。

地下一階フロア、廊下の突き当たりにサーバー室はあった。

分厚い金属製の扉を開けると、小さなファンが多数回るサーバー室独特の甲高い音が耳に飛び込んでくる。

入り口でスリッパに履き替え、鉄製の床の上に上がる。こういった部屋は床下にケーブルを配線しやすいよう、本来の床から僅《わず》かに浮かせた位置に鉄製のパネルを並べる『アクセスフリー』と呼ばれる構造になっている。所々に穴が空いているため、足下に気をつけて歩かないとつまずきかねない。

と不意に前を歩いていた石峰が立ち止まった。

「梶原さん」

「はい」

小さな手で手招きをするのに応じて脇に寄ると、不意に彼女が耳元に口を近づけて来た。微かに息がかかり、一瞬、心臓が跳ねる。

「この部屋、少し湿気が高くありませんか」

「そ、そうかもしれませんね」

確かに普通のビルで『霊安室』レベルの管理体制を維持するのは厳しいかもしれないが、それでもサーバーを置く部屋としては温度、湿度ともにやや高いような気がする。そのせいか、空気がなんだか少し黴臭《かびくさ》い。

「ええと、これです」

先方が指し示す部屋の一番隅の開放式ラックに視線を移した直後、健二は顔を引きつらせる。

「ありゃ、すいません。すぐに片付けますので」

稼働中のサーバーやスイッチの周りに食べかけのスナック菓子の袋や飲みかけのペットボトルが散乱している。まるで学生サークルのたまり場のノリだ。

「いやー、根詰めて作業をするときには必需品ですからねえ。私のデスクの上も同じような状況ですよ。ね、梶原さんもそうでしょ？」

「え、いや、まあ、そうですね……」

突然の営業の『振り』に、引きつった笑みを浮かべる健二。

デスク周りとサーバー室に置くのとでは全然違う。

だいたい、こんなところでペットボトルをひっくり返しでもしたらどうする気だろう。そもそも、浮遊物があるように見えるそのお茶は一体いつから置かれていたのだろう。考えるだけで背筋が寒くなる。

一通り作業の出来る環境が整えられると、営業は目途がついたら電話をくれ、とだけ言い残し、顧客担当者とともに部屋から出て行ってしまった。

健二は気を取り直し、ワイシャツを腕捲りする。これを直さなければ同社の商品受注はストップしたままだ。今は昔ながらの紙の処理でこなしているというが、そう何日も続けられるようなものではない。

ハードウェアの前面《フロント》パネルには機器の状態を示すランプが並べられており、その右から二番目の障害発生を意味するアラームランプが赤く点灯した状態になっている。

ハードウェアの故障を示すシグナルだ。

更に詳細な情報を調べるために、社から持ってきたノートPCを機器のコンソールポートに接続し、デスクトップに置かれた〝Teraterm〟と書かれたアイコンをダブルクリックする。

直後、

「うわ、なんだこれ！」

思わず声を上げてしまった。

一瞬にしてウィンドウ内が大量の文字で埋め尽くされたのだ。画面の下から上に向かって、あたかも蟻《あり》の大群が行進するかのように、エラーメッセージが次々にせり上がっていく。

慌ててキーを叩いてログの出力を停止し、代わりにハードウェアの状態をチェックするコマンドを発行する。

——Warning! 75 deg C. Disk Check Error.

おいおい。

基盤の温度が七十五度を超えている。生卵を落とせば目玉焼きも出来そうなくらいの温度で、熱暴走を起こしていると考えるのがごくごく自然だ。

「これ……、どう考えても機器そのものの物理的な故障ですね。うちの範囲じゃありませんよ。部品の交換となるとさすがに製造メーカーを呼ばなきゃ無理ですね」

胸ポケットから携帯を取り出したとき、石峰の手がそれを制止した。

「ちょっと待ってください。なにか変な音が聞こえませんか？」

「へ？」

言われて耳を澄ます。確かに、ファンの音に混じって紙同士が擦れるような音が聞こえてくる。音の出所を探っていくと、ハードウェアの通気孔に行き着く。

耳を押し当てた瞬間、自分の顔が引きつるのがわかった。

石峰と顔を見合わせる。

まさか、これは……。

次の瞬間、健二は慌てて携帯で営業を呼び出していた。

「大きな袋、ええと、ゴミ袋がいいです、急いで持ってきてください」

ちょっと洒落《しゃれ》にならない状態かもしれない。それに、もし予想が当たっていたら、この場に彼女がいるのは危険だ。

「石峰さんは部屋の外に出ていただけますか。あとは僕がやりますので」

「別に大丈夫です」

だが、対する彼女の反応は淡々としたもの。

「でも本当に」

「これは仕事ですから」

ぴしゃりとはねつけられると、それ以上のことは言えず引き下がるほか無い。

そうこうしているうちに、怪訝な顔つきの営業が顧客の担当者とともに戻ってきた。

健二はハードウェアの電源を落とし、受け取った半透明のゴミ袋ですっぽり全体を覆う。続いて袋の隙間《すきま》からプラスドライバーを差し込み、フロントパネルのネジを緩めていく。

最後のネジを外したその直後。

「うっ……!?」

石峰を除く男性全員が息を呑んだ。

ぼとっ、ぼとぼとぼとっ、という音とともに筐体《きょうたい》の中から次から次へと褐色に光る物体が転がり落ちてくる。袋の中で数多のそれらが、油にてらてら濡れた背中の茶色い羽を懸命に羽ばたかせ、細い六本の足をシャカシャカ蠢《うごめ》かせる。

一足先に我に返った健二が、呆然《ぼうぜん》としている営業と顧客に叫ぶ。

「あとっ！　殺虫剤とエアスプレーをありったけ持ってきてください！　すぐに！」

二人の男が泡を食って部屋から出て行く。

筐体から出遅れた一匹が顔を出し、触覚を振るわせると、仲間を追って袋の中に飛び込んでいく。手に伝わる感触に、背中が粟立《あわだ》つ。

やがて腕組みをした石峰が静かに言った。

「チャバネゴキブリは温かい場所を好みます。電子機器やビルの配線盤などで繁殖することはよくあることです。今回の件も湿度が高いことや食糧などが身近にあったことが繁殖を許した原因になったのでしょう」

健二はそっと彼女の横顔を覗く。こんな光景を前にしているというのに、彼女は表情一つ変えずペンを取り出すと、調査結果報告書の作成を始めた。

「本件については、設備移転の際に湿度管理等に関するご助言を差し上げられなかった当社にも責任の一端はあるのではないか、とそう考えております。誠に申し訳ありませんでした」

石峰の言葉に合わせてケーイージー社の三名が立ち上がり、頭を垂れる。

「ああ、だが……、まあ、うん——とにかく原因がわかって良かった。助かったよ」

たった一時間前まではただではすまさん、と息巻いていた相手方の部長の顔はすっかり苦り切っており、あとは口中に籠もった声で、ケーイージーさんはここまでで結構、ご苦労様、そんなことを言いながら今にも泣き出しそうな顔をした部下を連れて部屋から出て行ってしまう。

一応こういうときは営業の機微というやつで、顧客の実務担当者の顔を潰《つぶ》さないよう、こちらに非があるかのようなトーンで報告を行うものだが、さすがに原因がゴキブリの繁殖とあっては限界がある。あの担当者はこれから別室でこってりしぼられるのだろう。

*

建物から出たところで次の予定《アポ》があるという営業と別れ、石峰とともに駅に向かう道を歩き出す。

朝から降り続いていた雨は止み、雲間からは薄日が差している。駅に至る道は交通量のわりには細く、二人の脇を車がひっきりなしにすり抜けていく。健二はそれとなく石峰を車道の反対側に寄せる。

「まったく、うちは害虫駆除業はやらないんですけどねえ。こんなことで毎回呼び出されていたらたまったもんじゃないです。個人的には今回の件については、営業部に抗議していいと思いますよ」

「………」

反応が無い。俯いたまま黙々と歩いている

「石峰さん？」

「……え」

はっ、と上げたその顔には、どことなく疲労の色が窺える。

「大丈夫、ですか？」

と、健二の目線から逃れるかのように顔が背けられ、きつい口調で返される。

「なにがでしょう？　あと、出来れば少しゆっくり歩いてください。ちょっと早いです」

「あ、す、すいません……」

歩幅に差があることを考慮していなかった。

なんとなく気まずい空気が流れ、それから二人は一言も言葉を交わすことなくただ黙々と歩き続ける。

ロータリーを通り抜け駅構内へ入る。この時間は外回りの営業マンに加え、学校帰りの高校生が多い。ふざけ合いながら歩く高校生の脇をすり抜け、改札を通り抜けようとした——そのときだった。

急に手が後ろに引かれた。

驚いて後ろを振り向くと、石峰が両膝を折ってしゃがみ込んでいる姿が目に飛び込んでくる。

「え？」

健二を摑むその手が力無く震えている。

前髪が表情を隠しているものの、血の気が引いた顔は真っ青で、唇が微かに震えているのがはっきり見えた。

改札を通ろうとしたサラリーマンが健二にぶつかり、舌打ちしながら脇をすり抜けていく。

健二は彼女の体を抱きかかえるようにして立たせると、壁際まで連れて行きベンチに座らせる。

「ちょっとそこで待っててください！」

反対側のキオスクまで走り、水のボトルを買って折り返すとキャップを開き、椅子の上で真っ青な顔を俯かせている彼女の手に握らせる。

「だ、大丈夫ですか？」

無言で二口ほど水を口に含んだ後、ふう、と小さな溜め息。

彼女の水に濡れた朱色の唇が艶かしく、思わず健二は息を呑む。

「ちょっと、めまいがしたもので……。もう大丈夫です」

そう言って立ち上がろうとするがすぐに足下をふらつかせ、健二は咄嗟《とっさ》に両手で彼女の体を支える。掴んだ彼女の肩は驚くほど華奢で、一瞬、まるで硝子《ガラス》細工に触れているかのような緊張感を覚える。

と、彼女が小さな頭をこつん、と健二の胸に預けてきた。柔らかな髪からふわりと甘い匂いが香り立つ。

どうしよう。どこかで休んだ方がいいような。

慌てて辺りを見回すと、丁度道路の向かい側、ビルの壁面に掲げられたコーヒーショップの看板が目に飛び込んできた。

アイスのカフェラテ二つを手に席に戻ると、彼女は頬杖《ほおづえ》をついて窓の外を行き交う人々を眺めていた。鼻筋の通った横顔、ほっそりした顎のライン。

健二は一瞬目を奪われそうになるものの、それを振り切るようにテーブルの上にトレイを置く。その音に彼女はゆっくり両手を膝の上に戻し、姿勢を正す。

「落ち着きました？」

「はい。ご迷惑をおかけしました」

頭を下げると同時に、肩にかかった髪の束がさらりと落ちる。

「でもびっくりしました。いきなりだったものですから。——もしかして今日、あまり体調が良くなかったとか……？」

「いえ」

顎に手をやり、視線を微かにずらすと、

「たぶん……、褐色のあれを見たショックが意外と大きかったんじゃないか、と思うんです。あのときは強がりを言ったのですが、本当は私、あまり得意じゃなくて。意地を張らずに梶原さんの言う通り外に出ていれば良かったかなと後悔しています」

「いや、ゴキブリが得意な人なんて普通いないですよ」

「それもそうですね」

口元に薄い笑みを浮かべる。

それはあまりにも意図的な、見え透いた嘘《うそ》。

これ以上の気遣いは無用、立ち入らないでほしいという健二に対する言外のメッセージ。

本当の理由は、無事にトラブルが解決したことで緊張の糸が緩んだ——そんなところかもしれない。

場を沈黙が支配する。

居心地の悪さから逃れるように視線を窓の外に向ける。ビル街の上にはいつの間にか夕焼け空が広がっていて、遠ざかりつつある雨雲も茜《あかね》色に染め上げられていた。

ふと気づくと、彼女もまた茜色の空を見上げていた。

夕日に赤く照らされた、どことなく儚げな横顔。

その表情に健二はなぜか胸が締め付けられるような気がした。

この会社に来てからというもの、彼女は四六時中緊張を強いられているのではないだろうか。なにせ、『外様』である彼女は社内においてほとんど四面楚歌《しめんそか》の状態にあるのだ。そして、その上、土日の仕事も部下である自分に知られてしまった。

もし自分が誰一人として味方のいない環境に放り込まれたとしたら？

そう考えると暗澹たる気持ちになる。

と。

「そういえば、今朝――」

石峰が顔を上げ、口を開いた。

「途中になっていた話がありましたよね」

「あ……はい」

なんだっけと思いつつとりあえず返事をすると、彼女は微かに視線を落として続ける。

「あのとき私は梶原さんに伺うつもりでした。どうしてそこまでして私に気を遣おうとするのですか、って。私にメイドのお仕事を辞めさせたくないからといって、厨房スタッフに応募してくるなんて本当に驚きました」

「ああ……」

思い出した。

「一昨日、梶原さんは私がメイド喫茶を辞めたりしたら寝覚めが悪いから、とおっしゃいました。でもそれだけではやっぱり納得出来ません。私は皆さんにとって邪魔者です。私がいなくなった方が都合が良いはずなのです。それなのに、梶原さんは私を助けると言う。それは梶原さんにとってどんなメリットがあるのでしょうか」

こちらを見上げてくる微かに揺れる瞳が、彼の鼓動を次第に早めていく。

確かに、どうしてなのだろう。

明確な理由は自分でも説明出来ない。けれども、確かにあのとき自分はなにかを感じたのだ。

それを伝えなければ。その一心で必死に言葉を探す。

「ええと……メリットとか、デメリットとかそういうことじゃない……と思います。ただ、僕自身がそうしたいと、そうすべきだと思っただけで……。それで、あの……」

けれど、それ以上は続けられなかった。

まるで頭の中に靄《もや》がかかっているかのようで、なにか大事なものを思い出したくても思い出せないような、そんなもどかしい状態。

「そう、ですか。わかりました……」

彼女の顔に微かに陰が落ち、再び会話が途切れる。

気まずい空気が場を支配し、健二は更に焦りを募らせていく。

どうにかして話を続けなければ。

もしここでこのまま会話を終えてしまったら、もう二度とこれ以上、彼女のことを知る機会なんて訪れないような気がする。

半ば自分でもよくわからない衝動に突き動かされたそのとき、不意に、頭の中から一つの疑問がわき上がってきた。それは今、思いついたようでいて、だけどずっと気になっていたこと。

「あの……、今度は僕の方から一つ聞いても良いでしょうか？」

「なんでしょう？」

自分に向けられた視線の鋭さに一瞬たじろぐものの、勢いで訊ねてしまう。

「石峰さんは華泉礼商事というすごい会社にいるのに、なんで、その……メイドさんの仕事をしているんですか？」

彼女の顔色が微かに変わった。

瞬間、その質問の内容があまりにも興味本位すぎるような気がし、慌てて付け足す。

「い、いや、平日も結構ハードな仕事をしているのに、土日も働くなんてなにか理由があるのかな、と思いまして」

「……なるほど」

ややあって彼女は小さな声で呟くと、ゆっくり両手をテーブルの上で組み合わせた。

そして、健二の目を真正面から見つめ、

「その件ですが……」

——そのとき、携帯の震える音が聞こえた。

石峰の鞄の中からだ。

携帯を取り出し、ディスプレイに表示された相手を見るなり顔を引き締める。

そして口元を手で押さえつつ、小声で電話の相手に伝える。

「少々お待ちください。今、場所を移動しますので」

鞄の中からピンク色のクリアファイルを取り出しながら席を立ち、通路を外に向かって歩いていく。

健二はその後ろ姿を見送りながら、急に体中の力が抜けるのを感じた。背もたれに寄りかかりながら、大きな溜め息をつく。すっかり気がそがれてしまった。

なんか、いつも電話に邪魔されているような。

店の入り口付近にいる彼女は首と肩の間に携帯を挟みながら、書類の上になにかを書き付けている。この分だともう少し時間がかかりそうだ。

カウンターで水をもらってこようと席を立ちかけたそのとき、ふと、床の上に一枚の書類が落ちていることに気づいた。

彼女が鞄の中からクリアファイルを引き出した拍子に、表面に張り付いていた紙が一緒に出てしまったのだろう。

床にしゃがんで拾う。

そして、何気なくそこに書かれている文言を目にし――その瞬間、凍り付いた。

『ケーイージー社　収支改善の方針について』と題されたその文書の真ん中よりやや下の辺り。

『不採算PJへの対応方針』

『上半期終了時点でも黒字化が達成されない、あるいは達成出来る見込みが無い不採算PJについては即時解散の上、組織再編を断行』

『人員については営業部門、子会社への出向等も含めた配置転換を実施』

『場合によっては希望退職制度の弾力的活用も視野に入れて対応』

そして、文書の右上に記された発出元組織名は、『華泉礼商事株式会社　経営企画室』

喉が一瞬にして干上がる。鼓動が背中を打つ。

窓の外に視線をやり彼女がまだ電話中であるのを確認すると、急いでその紙を彼女の鞄の中に滑り込ませる。

そして足早にカウンターに向かうと、震える手でグラスに水を注ぎ一気に飲み干す。周囲の奇異な視線も気にせず、あおるようにもう一杯。途中でむせそうになりながらもなんとか堪え、更にもう一杯分の水を注ぐと、それを手に半ばよろめくように席に着き、大きく深呼吸を繰り返す。

目の前がチカチカする。左右のこめかみを指で押さえながら、落ち着け、落ち着けと何度も自分に言い聞かせる。

「どうかしましたか？」

顔を上げると、いつの間にか電話を終えて席に戻っていた石峰が訝しげな顔つきでこちらを見ていた。

「あ……、いえ。べつになんでも……」

「そう……」

目の前でクリアファイルが携帯とともに鞄の中にしまわれる。どうやら自分があの書類を見たことはばれていないようだ。

それにしても、と思う。

あれらの文言が頭からこびりついて離れない。

黒字を達成出来ないPJは解散。人員は配置転換、希望退職の勧奨。

華泉礼がそこまで考えていたなんて。

水の入ったグラスに口をつけつつ、テーブルの上に置いた手帳にメモを書き付けている石峰の顔をちらちらと見る。

彼女は一体どこまでこの件に関わっているのだろう。誰をどこに配置転換するのか、といったことについてはもう考え始めているのだろうか。もし万一、人員を削減しなければいけないとなったら、彼女は誰をターゲットにしようと思っているのだろう。

そこまで考えて、健二ははた、と思い出した。

一週間前、彼女が担当内に向けて放った言葉。

——不採算プロジェクトの解消は全社方針。阻害要因となるものは徹底的に排除します——

彼女はどうしてあそこまで案件の黒字化にこだわっているのだろうか。

半ば強引とも言えるやり方で、担当内のほとんど全員を敵に回してまで。

それは……。

……うちのチームメンバーをこの紙に書かれたような境遇に陥れないためなのか？

そのために彼女は自ら汚れ役を買って出ているのではないか？

まさか、本気でそんなことを……？

けれど、それ以外には考えようがなかった。

あの文書を見る限り、彼女をはじめとする華泉礼のスタッフはなにも不採算案件の立て直しを目的にケーイージーに来たわけではない。メンバーに見切りを付けたならばその時点で事業再構築《リストラ》に乗り出してもいいのだ。

でも、彼女は決してそうはしない。

どこまでも案件を黒字化することにこだわっている。

いつの間にか自分の膝の上に握り拳が作られていた。

彼女の顔を真正面から見据える。

白い肌に、麗しげな瞳、軽く引き結ばれた小さな口。

こちらの視線に気づいた彼女が顔を上げた。

「あの……、石峰さん。僕じゃ力不足かも知れませんが」

「え？」

唐突な言葉に、彼女のペンを持つ手が止まる。

「なにか困ったことがあったら遠慮なく言ってください。僕が出来ることならなんでもやります」

「どうして、そんな、急に……？」

眉間に皺が寄る。

自分でもいくらなんでも唐突過ぎるとは思ったが、だけど、言わずにはいられなかった。

この瞬間、唐突にさきほどの解が導き出されたのだ。

——自分が彼女を助けたいと思った理由。

「はじめてお店でカヨさんと会ったとき、僕はとても楽しい気持ちになれました。その日辛かったことをすべて忘れるほどに。そしてその一方、目標達成のために粘り強く業務を進める石峰さんの仕事に対する姿勢は僕にとってとても刺激になります。メイド喫茶の仕事も会社の仕事も両方ちゃんとこなす、そんな石峰さんはすごいな、と素直に思うんです」

——そして、自分があの店で働くことを決めた理由。

「だから、僕はそんな石峰さんのことを応援したいのかも、しれません」

彼女の目が大きく見開かれる。

自分も彼女から目を離すことが出来ない。心臓が大きく脈を打っているのがわかる。次第に体中が熱を帯びていくような感覚に襲われる。

と、不意に彼女が数回瞬きをし、顔を俯かせた。なぜか、その頬が微かに赤く染まっている。

「そろそろ……行きましょうか」

そして小さな声で呟きつつ、急に鞄を手に立ち上がると、くるりと背を向け、足早に出口へと向かっていく。

直後、健二も我に返った。慌ててグラスを乗せたトレイと鞄を手に立ち上がると、急いで彼女の後ろ姿を追った。

＊

帰社したときには十九時を回っていたものの、ほとんどのメンバーがまだオフィスに残っていた。

健二が鞄を置きながらパソコンをスリープ状態から復帰させると、メールソフトが百三十通の新着メールがあることを告げ、思わず頭を抱えた。丸一日分、仕事が遅れてしまった。

「おまえさ、こっちは大変だったんだぞ」

突然の声に首を横に捻《ひね》ると、河原田が画面と向き合ったまま不機嫌な顔をしている。

「はあ……？」

「今日の午後の経戦様とのキーレン社案件の打ち合わせ、あろうことかリスケしたんだって？」

「ええ、まあ。お客様対応を優先させる必要がありましたし。……なにかあったんですか？」

嫌な予感がした健二は僅かに声を潜めた。

「ふん」

河原田は鼻を鳴らすと、リターンキーを叩いて顔を上げる。

「あのあと連絡があって、お忙しい経戦様としてはやはり今日中に打ち合わせをやらせてもらえないと困ると言って、無理矢理押しかけてきたんだよ。なんでも副社長が今晩までに資料をあげろと無茶なオーダーを出したらしくてな」

「おかげでこっちは午後、仕事にならなかったんだよぉ。やれ進捗《しんちょく》はどうだ、トラブルは無いかとか、奴ら缶コーヒー持参で根掘り葉掘り四時間も粘ってくれちゃってさあ。ほとんど全員事情聴取状態だよ」

飯島が両手を頭の後ろに当てながら天井を仰ぐ。気づくと周りの視線が自分たちに集まっていた。全員飯島と同じ思いらしい。

「ま、梶原に言っても仕方が無いんだけどさ」

そう言いながら河原田はくるりと椅子を石峰の方に回転させ、全員に聞こえるように声のトーンを上げる。

「で、結局、俺らの説明では納得してくださらなかった経戦のみなさんは、石峰チーフに聞くしかないと言って、また明日出直してくるんだってさ。だったら最初からそうしてほしいもんですね」

「なるほど。わかりました」

ディスプレイから顔を上げずに淡々と返す彼女に、河原田の声がやや荒げられる。

「あの、こう言うのはなんですけどね。お詫《わ》びの言葉の一つくらいはほしいものです。受けなくてもいい仕事を勝手に受けたあげく、本来やるべきX社の対応はおざなりにして、結局、俺らがその尻《しり》ぬぐいをしたわけですから」

彼女の手がぴたりと止まる。顔を上げ全員の顔を見渡す。

「これは優先順位をつけて判断した結果です。お礼は言いますが、どうしてお詫びする必要があるんです？　それに向こうは明日出直すと言ったんでしょう？　実際はなんだかんだ言っても明日で良かったということですよね」

「じゃあ——我々は無駄な時間を使った、と。そういうことですね」

「ええ、残念ですが。判断に迷ったのでしたら電話の一本でもいただければ良かったのです」

その場の全員が黙り込む。

周囲からは電話で話す声、キーボードを叩く音などがひっきりなしに聞こえてくる一方で、物音一つしないうちの島は、そこだけ周りから取り残されたように浮いている。

その場に漂う険悪な空気。誰かが発した不用意な一言が、土台がぐらついた積み木を崩す引き金になってしまう、そんな不安定感。

「すいませんでした！　僕のミスです！」

気づくと健二は立ち上がり、全員に向かって頭を下げていた。

ゆっくり顔を上げると全員が――もちろん、石峰も――呆気《あっけ》にとられ、驚いたように健二を見つめている。

なにより健二自身が驚いていた。自分がなにを言ったのかがわからない。心臓は早鐘のように鳴り、頭の中はぐらぐら揺れている。

その一方、続けて自分の口から出たのは驚くほど冷静な言葉。

「A技研様の件は、昨年の移転が原因でした。僕が適切なLAN設計をしなかったことが原因で、サーバーがハングアップしたんです。午前中、SE部《うち》の責任じゃない、とか言って頑なに断っていたら今頃とんでもないことになっていました。石峰さんの判断に助けられたと思います」

大きく肺に息を吸い込むと、もう一度勢いよく頭を下げる。

「本当にご迷惑をおかけして申し訳ありませんでした！」

一気に言ってしまうと、視線は自分の足下を向いたまま、そのまま動けなくなる。

別に嘘は言っていない。その一方で真実も言っていない。

緊張が最高潮に達したそのとき、

「興ざめ」

つまらなそうな河原田の一言で、その場の空気が弛緩《しかん》する。再び周りからキーボードを打つ音が響き始める。続いて誰かがどこかに電話をかけ始める。


いつの間にか喉が干上がっていた。

健二はそのままよろめくようにフロアから出ると、廊下の一番端にある休憩室《リフレッシュルーム》へと向かう。

喫煙スペースを備えたこの部屋は普段は煙草を吸う人々が多く集まっているが、今日はたまたまなのかまったく人がいない。

ぼんやりと光を放つ自販機の前に立つ。前面にはめられた透明なアクリル板は疲れ切った自分の顔を映していた。

これではいけないと頬を両手で叩いた後、硬貨を入れながら何を飲もうか考える。

ここは眠気覚ましにコーヒーか。いや、でもコーヒーは夕方飲んだしな。栄養ドリンクって感じでもないし、炭酸系はなんだか胃に来そう。普通にお茶か……。

「はやくしていただけませんか？」

と、いきなり背中からかけられた声に体が飛び上がりそうになった。

振り返ると、後ろに感情の窺えない表情の石峰が立っている。

「お、お先にどうぞ」

彼女はなにも言わずに健二の前に進み、硬貨を入れる。

やっぱりさっきのことを怒っているのだろうか？

彼女の後ろ姿をただただじっと見つめる。紅茶のボタンが押される電子音の直後、ペットボトルの落ちる音が響く。

そのとき、

「梶原さん……」

微かに、彼女の呟く声が耳に入った。

「色々と……ご迷惑をおかけしました。……ありがとうございました」

一瞬、自分の顔が熱くなった。

自販機前面の透明なアクリル板に、少しはにかんだような彼女の笑顔が映っていた。

「あ、ええと……」

健二が言葉につまっている間に、彼女はまるで子猫みたいにするりと休憩室から出て行ってしまった。


お茶を飲みながら自席で溜まっていたメールを開封し、あと三十分もすれば全部処理し切れるかという頃、不意に隣の河原田から茶封筒が投げ込まれた。中には、請求書が数枚入っている。業務委託先《下請け》からのものだ。

「なんです、これ？」

「悪いが経理に持って行ってくれ。大至急な」

金額欄には八桁の数字が並んでいる。記載されている案件名はずいぶん前のものだが、覚えがあった。

「たしか、これも大赤字の案件とかいうことで、上の方で結構もめたやつですよね」

「ああ、結局、営業部の方で色々画策した結果、うやむやにされたけどな」

河原田はこちらの顔を見ずにぼそりと答える。

知らず知らず、請求書を持つ指先に力が入っていく。

「どうなんでしょうね、こういうの。僕としてはやっぱりなんとかした方がいいような気がしますけれど」

頭の中に昼間、コーヒーショップで偶然目にした書類の文言が思い出される。

「それくらい、みんな思っているよ。だがな、俺らが今さらどうにか出来る問題じゃねえだろ。いいから黙って持って行け」

どこか釈然としない思いを抱えつつも、健二は請求書を手にしぶしぶ席を立つ。


経理部は二階上の十三階にあり、役員室や経営戦略室といったスタッフ部門と並んで配置されている。廊下をお偉いさんが歩いていることも多く、正直に言えばあまり近付きたくないフロアだ。

と、突然、前方の役員室の扉が開き、中から一人の男性が出てきた。

営業部の早竹チーフ。

先方もこちらに気づいたらしく、途端に苦虫を嚙み潰したような表情に変わる。

なるべく顔を合わせないよう会釈をしながらすれ違ったそのとき、

「あんまり、彼女に肩入れをするな」

「え？」

ぼそり、と囁《ささや》かれた言葉に健二の足が止まる。

後ろを振り返る。その場で呆然と早竹の後ろ姿を見送りながら、健二は次第に自分の胸がふさがっていくのを感じていた。

第3章　子猫のティータイム

六月十三日　日曜日　月齢：一

メイドカフェ『メイプル・ホーム』の店内に、ドアにぶら下げられた鈴の音が響く。ご主人様の帰宅を知らせる合図だ。

「お帰りなさいませっ、ご主人様！　一名様ですね？　なお、本日は多くのご主人様がお帰りになられているので、九十分の時間制限を設けさせていただいております。ご了承くださいませ」

「「お帰りなさいませ！　ご主人様！」」

店内にメイドさんたちの声が響く。

健二にとっては今日が二度目の勤務となる。メイド服を着た店員たちが、来店する客に向かって「お帰りなさいませ、ご主人様」と微笑みかける空間には正直なところ、全くもって慣れる気がしない。

それに加えて自分の上司である石峰真夜がこの店では人気のメイド『カヨ』としてお給仕しているのだ。その光景は何回見ても現実感が無い。

とはいえ、健二もここで厨房スタッフとして働く以上、裏方としてしっかり彼女たちを支える責任がある。そう自分に言い聞かせると、両手で頭のコック帽を被り直す。


午前十一時を過ぎた頃から、帰宅するご主人様の数がとみに増え始めた。

それに合わせてメイドさんたちがキッチンに出入りする回数も増え、健二の目の前にオーダーシートを次々とマグネットでとめていく。

「三番テーブルのご主人様、若鶏さんのスパイシーグリルです」

「了解！」

「五番テーブルのお嬢様は、ボローニャ風メイドさん手作りミートドリアをご所望です」

「うー、了解！　……あ、一番テーブルのパスタと六番テーブルの和風ハンバーグ、今出ます！」

額に浮かぶ汗の粒を手の甲で拭《ぬぐ》いながら、ゆで上がったパスタを皿に盛りつけ、ハンバーグの上に大根下ろしを添える。

ちなみに以前まではキッチンは数人のメイドさんが交代で受け持っていたそうなのだが、健二が来て以来、彼女たちは御役ご免だとばかりに本業のメイドに戻ってしまってさらさら手伝う気は無いようだ。お給仕している方が楽しいんだとか。

これじゃまるで『召使い《メイドさん》の召使い』だ。

「あのっ、かじくんさ！」

と、キッチンにミハルが飛び込んできた。

「……かじくん？」

健二は思わず首を傾げる。もしかして梶原のかじ、ということだろうか。勝手に呼び方が考えられたらしい。

「九番テーブルのご主人様のふわふわオムレツってまだかな？　お腹をすかせたご主人様が今にも倒れそうだよ！」

ツインテールを揺らしながら、むっ、と睨み付けるように小さな顔を前に突き出す。小柄な体型も相俟って、その様子はどことなく子犬を思わせる。年齢の方も十代後半らしいが、とはいえ忙しくてなかなか店に顔を出せないオーナーの代わりに店を切り盛りしているしっかりものだ。

「ごめん。今、注文がたまっているんだ。もう少し待って欲しいんだけど」

「あとどのくらい？」

「うーん、十分」

「ダメ。五分」

「わ、わかりました……」

ホットプレートの上に溶きほぐした卵を空気を含ませながら広げる。卵が甘い匂いを漂わせながら焼けていく。

その間にお皿を用意しながら健二はさっきから気になっていたことを聞いてみる。

「それにしても、日曜はいつもこんなにお客さん多いの？」

「うん、そうだよ。週末は遠くから帰ってくるご主人様が多いし、外国からお帰りになるご主人様もいるしね」

「へえ、そうなんだ。それにしても――」

プレート上の卵をひっくり返し、クレープ状に丸く焼き上げる。この段階ではまだ中に何も包まない。

「混んでいるときは、九十分経ったらメイドがご主人様を追い出しにかかる……と。

考えてみたらすごい話だよな」

「追い出すなんて、そんな人聞きの悪い言い方しないでほしいな？　当店のご主人様はお互いに譲り合いの精神を持たれた心優しい方々ばかり。ミハルたちがお声がけする前に、皆様ご出発になられますよ？」

ターナーで卵の生地をプレートから引きはがし、炒《いた》めたライスの上にふわりと被せて完成。口をとがらしているミハルの手に、盛りつけを終えた皿を押し付ける。

「はい、じゃあこれを九番テーブルのご主人様へ」

……が、突き返された。

「ダメ」

「なんで」

「ご主人様への気持ちがこもってないように思えたから。盛りつけもちょっと雑」

「いや、さっき急げって言われたし。それに男が気持ちをこめたらまずくないか。テレビで見たけどこういうのって普通、ご主人様の目の前でメイドさんが気持ちをこめるものだろ？　ケチャップで絵を描くとかしてさ」

「そういう問題じゃないと思うけど」

「大丈夫だって。少なくとも味に自信はあるから安心して出してよ」

もう一度オムレツを押し付けると、ミハルはなにか言いたげにじろりとこちらを睨み付けながらも、しぶしぶ皿をトレイの上に載せる。そして間仕切りのウェスタンドアを乱暴に押し開き、ご主人様のもとへ向かっていく。

と、入れ違いで別のメイドさんが入ってきた。

艶やかな黒髪を靡《なび》かせながら立ち止まると、細く白い腕をすっと伸ばし、壁にオーダーシートを留める。

石峰真夜だ。

顔には楽しげな笑みが浮かんでいる。

「あ……」

ふと彼女がこちらに気づき、目が合った。

途端、一瞬にしてその顔から笑みが掻き消え、目線が逸らされる。

健二もまた慌ててしゃがみ込むと、オーブンの中にドリアを突っ込んで加熱ボタンを押す。オーブンの唸《うな》るような音だけが周囲に響き、白いクリームソースが橙《だいだい》色に染まるのを見ているうちに、自分の顔まで熱せられている気分になってくる。

と。

「だいぶ時間、かかりそうですか？」

唐突に声をかけられた。

「え……」

一瞬、口ごもった後、

「す、すいません、ちょっと今、立て込んでいまして。なるべく急ぎますが」

「あまりご主人様をお待たせしないようにお願いします」

「はい……」

すると彼女は壁に留められている一つ一つのオーダーを手に取り、中身の確認を始める。まるで会社で仕事の内容をチェックされているようでなんとなく気まずい。

それにしても、と再びあの疑問が頭に浮かんでくる。

なぜ、華泉礼商事の総合職の彼女が、土日になるたびにこうして秋葉原でメイドとして働いているのだろうか、ということだ。

月曜日、客先から自社に戻る途中に立ち寄ったコーヒーショップでその理由を聞きそびれて以来、なんとなく今に至るまで本人に聞けずにいる。

やっぱりなにか理由があるのだろうか。

そんなことをつらつら考えていると、

「梶原さん、少しよろしいですか？」

すぐ右隣から声が聞こえたのに驚き、思わず横に飛び退きかけた。

いつの間にか彼女が健二の真横にしゃがみ込み、オーブンの中を覗き込んでいる。

「どうかしました……か？」

「そのドリアですが、少し冷ましてからお出ししてください」

理由がわからず、思わず彼女の横顔を見る。

「これをご注文いただいた五番テーブルのご主人様は熱いのが少々苦手でいらっしゃいますので」

そう言うと、彼女は手元の一枚のオーダーシートを健二に見せる。そこには『熱すぎないように』という彼女のメモ書き。

続いてその下のオーダーが捲られ、

「一番テーブルのご主人様にお出しするカレーですが、人参は入れないようにしてください。あと、十二番テーブルには小さなお嬢様がいらっしゃっていますから、デザートにミニ焼きプリンをおつけしてください。オーダーシートにメモしておきますから」

健二が呆気にとられつつも辛うじて頷くと、彼女がスカートを整えながら立ち上がる。

「わかりました……。それにしても、石……カヨさん、すごいですね。そんな細かいところまで見ているなんて。まるで五つ星ホテルみたいじゃないですか」

その言葉に彼女は上から見下ろしながら、淡々と答える。

「当然です。ここはご主人様、お嬢様がお帰りになる『家』。束の間のご滞在を快適に過ごしていただくために、メイドとしてそれくらい把握しておくべきです」

「は、はあ……」

返す言葉を失っていると、

「カヨさん、六番席のご主人様のオーダーお願いしますっ！」

フロアの方から再びミハルが駆け込んできた。

「わかりました」

そう答えると、石峰は入ってきたときと同じように黒髪を靡かせながら、そして微笑みを浮かべながらキッチンから出て行く。

「ちょっと！　なにぼーっとしているのかなっ⁉」

と、いきなりミハルが両手に持った大量のオーダーシートを突き付けてきた。

「これ急ぎで全部お願い。団体のご主人様が入ったの。あと、これも代わりに書いておいて」

「なにを？」

「ふわふわオムレツのメイドさんメッセージ」

「いや、それって僕が書いたらダメなんじゃない？」

ミハルは腰に手を当て、頬を膨らます。

「別にメイドがメッセージを書くなんて決まりは無いし！　こんなの見た目が同じだったらいいの！」

「なんかさっき、ご主人様への気持ちがどうのこうの言ってなかったっけ？」

「あん？」

勢いよく睨み付けられた。額に青筋まで立っている。

「いや、なんでもない！　で、なんて書けばいいの？」

彼女は引き出しからサインペンを取り出すと、キッチンペーパーの上に勢いよく書き付ける。

『ヒサダさん　お仕事乙♥』

……え？

一瞬、頭の中が真っ白になる。

まさか……、そんなことは、ないよな？

「とにかく丸っこい字で！　気持ちをこめて！　間違えちゃダメですよ！」

「この字……、なんて読むの？」

インクの滲《にじ》んだキッチンペーパーを指さす。

『乙《おつ》』！　お疲れ様の意味。ってそんなのもわからないのかな？」

「いや、そっちじゃなくて、こっちのカタカナ」

むっとした表情を向けられる。

「もしかして、ミハルのことからかってる？」

「いやいや！」

前に両手を突き出し、懸命に左右に振る。

「名前、間違えちゃ駄目だと思って！　念のための確認！」

彼女は首を微かに横に振りながら、ふう、と小さな溜め息をついた後、人差し指を突き付け、

「ヒ・サ・ダさん。うちの常連のご主人様なんだから、丁寧に書いてよね！」

「ヒサダ……」

健二はそっ、とキッチンから顔だけを覗かせ、客席を覗いた。

やっぱり。

全身から力が抜けていく。

あの丸っこい体格だからよくわかる。奥の席に座っているのはキーレン社の久田。その周りで楽しげに談笑しているのは彼の男友達なのだろう。

「それじゃあ、よろしく！」

肩を勢いよく叩き、再び客席へと向かっていくミハル。

健二は溜め息をつきつつ、それこそ久田に対して日頃感じている精一杯の思いをこめて、ふわふわオムレツを作り始めた。


ちょっとしたトラブルが起こったのは、客の入りも一息ついた午後五時過ぎのことだった。

客席の方から困惑したミハルと男性の会話が聞こえてくる。

「あいにく今日は都合が悪いんです。やはり当初の予定通り明日でお願い出来ませんでしょうか？　オーナーもいませんし」

「いいえ、無理は承知でそこをなんとか。放送スケジュールが厳しくて今日じゃないと間に合わないんですよ」

「ですが、こちらにも色々事情がありまして……」

ただならぬ様子に客席の様子を覗きに行こうとしたところで、丁度、石峰がキッチンに入ってきた。彼女もまた柳眉《りゅうび》を微かに寄せている。

一瞬ためらうものの、彼女に訊ねる。

「どうかしたんですか？」

それに対して怪訝な顔を見せた後、つい、と視線を右斜め下に逸らし、

「――ええ。テレビの人が収録に来たのですが、日にちを一日間違えていたようなんです。ですが先方は日程的に厳しいので今日このまま撮影させてほしいという要望で」

さすがに驚いた。

「それって、まずくないですか？　万一、石峰さんの顔が映ったりでもしたら……」

「ええ、確かにそうですね」

健二は扉の脇まで近寄り、そっとホールの様子を伺う。

店の入り口付近でテレビクルーのうちの一人、いかにも使いっ走りにされているAD風の若い男とミハルが向かい合って話し込んでいる。そしてその後ろには撮影用の機材一式を持ったクルーがいて、事の成り行きを見守っている。

「事情はわかりますが、今日は顔を出すのがダメな者がいるんです。申し訳ないので

すが、やっぱり予定通り明日にしていただけませんでしょうか？」

途端、ＡＤの顔がぱっ、と明るくなる。

「あ、あの、そういうことだったら、その顔出しＮＧの子は映さないという条件でなんとかならないですか？」

「えっ、とそれは……」

ＡＤは必死の形相でミハルににじり寄り、

「お願いします！　今回の件は僕のミスなんです！　それで番組に穴を開けるわけにはいかなくて！」

荷物を放り出すと突然、土下座をしようと膝を突きかける。

とそのとき、

「私は構いませんよ。それをお約束いただけるなら」

一斉に全員が声のした方を向いた。

「カヨさん！」

いつの間にか健二の隣にいたはずの石峰が彼らの前まで進み出ていた。そして、両手を体の前で重ねると、テレビクルーに向かって深々とお辞儀をする。何名かが息を呑むのがわかった。

「私一人のために お手を煩わせるわけにはいきませんし」

　顔を上げて、微笑んでみせる。

「た、助かります！　ありがとうございます！」

　ＡＤは石峰に向かって何度も頭を下げると、後ろに向かって手で丸をつくる。それを合図に後ろの撮影機材を担いだテレビクルーが石峰の脇をすり抜けて店の奥へと進んでいく。

「カヨさん、本当に大丈夫なんですか？」

　近付いてきた健二に彼女はちらり、と視線をやると、

「仕方の無いことでしょう」

　淡々と答える。

　と、そのとき、脇を通りかかったクルーの中の一人、あごひげを生やしたチーフ格と思われる男が石峰の前で立ち止まった。

「君、ちょっと確かめたいことがあるんだけど」

「なんでしょう？」

　男は値踏みをするような目つきで石峰の顔から足までを眺め、

「もしかして、モデルさんとかやっていたりする？」

「いいえ。――どうしてそう思われたのですか？」

と、男は口の端を吊り上げて微かに笑い、

「顔出しNGっていうから、もしかしてと思ってさ。ときどきいるんだよね。事務所に内緒でこういうところでバイトしている子。違うなら違うで別にいいんだけど。――しかし、惜しいなあ。その素材で撮っちゃいけないっていうのは。絵になるんだけどなあ」

最後は独り言のようにいいながら、男は右手を軽く挙げながら店の奥に進んでいく。

「なんだよ、あれ」

その背中を見ながら健二は独りごちる。正直あまり良い印象は持てない相手だ。

と、そこへ意気消沈した様子のミハルがやってくる。

「カヨさん、ごめんなさい」

弱々しい声でそう言うと、深々と頭を下げた。

「結局、こんなことになっちゃって。ミハルが力不足だったばかりに」

「そんなこと、気にしなくていいですよ。それより――」

石峰がようやく表情を緩め、右手でミハルの頭を軽く撫《な》でる。

「逆にごめんんね、色々気を遣わせちゃったね。ありがとう」

「そ、そんなミハルはなにもやっていません……」

ミハルは首を振り、頬を仄《ほの》かに赤く染める。その様子はやはりどことなく撫でられてうれしがる子犬を思わせる。

と、そこへさきほどのＡＤが戻ってきた。

「あの、それでは撮影の方、入らせていただきますので立ち会いをお願いします」

「あ、はい」

すぐに不安げな表情に戻ったミハルはもう一度ちらりと石峰を見ると、撮影スタッフのもとへと歩いていった。

一方で石峰もトレイを手に取り、

「では、梶原さんはお仕事に戻ってください」

淡々と言いながら奥の席に座ったご主人様のもとへ歩いていく。

健二もまたキッチンへ戻ろうとしたところで、だが、先ほどのひげ面の男が石峰の後ろ姿に視線を向けているのが目に入った。彼はしばらく嘗《な》めるように石峰を見つめた後、カメラマンの耳元でなにかを囁く。

なにやっているんだ、あいつ……。

不意に胸がざわつき、思わずテレビクルーの元へ向かおうとしたそのとき、

「あの、かじさん、キッチンお願いしますー！」

「あ、はい！」

別のメイドさんから声をかけられた健二は、後ろ髪を引かれながらも自分の持ち場へと戻っていった。

＊

それから五時間ほど経った二十二時、ようやく『メイプル・ホーム』は閉店時刻を迎える。

最後のご主人様の出発を見送った後、クローズ作業を終えた三人は連れ立って中央通りに向かって歩く。石峰は地下鉄、ミハルは車で来ているということで、一緒なのは途中までだ。

この時間の秋葉原の街はほとんどの店がシャッターを下ろし、人影もまばらで、まるで街全体が夜の眠りに入る準備をしているかのように見える。日中の太陽で温められたアスファルトの温度も下がり、幾分か風も涼しく感じられる。

メイド服を脱いだ石峰は、グレーのビジューワンピースにロングカーディガンを合わせた服装で、裾《すそ》を柔らかな風に靡かせながら歩いている。

一方ミハルはジーパンにデニムのシャツを羽織った一見、男の子と見間違えそうな格好で軽やかに歩く。

「今日も一日、大変だったよね。カヨさんもかじくんもお疲れ様でした」

「いや、僕は今日も足手まといになっていただけのような気がするんだけど」

「そんなわけないよ。かじくんはちゃんと戦力になっていたと思うし。……それはともかく、テレビの一件には弱ったなあ。本当はミハルがちゃんと断れれば良かったんだけど――」

と、石峰が自分の唇に人差し指を軽く当て微笑みを浮かべる。

「終わったことは気にしないこと。それにあれは私が決めたことなんだから、ミハルちゃんが気にすることはないんです。……さて」

中央通り沿いにある、シャッターの降りた家電量販店の前で石峰が立ち止まる。

「私は末広町なので、ここで」

そう言うと、顔に柔らかな表情を浮かべた彼女は夜風に髪を靡かせ、地下鉄方面に向かって歩いていった。

その後ろ姿はオフィスで見るのとは違い、どことなく楽しげだ。服装のせいだけじゃなく、足取りが心なしか軽く見えるせいだろうか。会社でもあんな雰囲気だったらいいのに。

そうこうしているうちに、再び健二の中であの疑問が膨らんでくる。

どうして彼女はメイドとして働いているのだろう。

もちろん、彼女が今やメイプル・ホームにとってなくてはならない存在だということはわかる。けれど、さっきのテレビみたいにもしなにかの拍子でばれてしまったときのことをどう考えているのか。実際問題、部下である自分にはばれてしまったのだ。

そこまでして彼女がメイドをやり続ける理由は一体なんなのだろう。

「……平日の疲れだって溜まっているはずなのになあ……」

「ん……？　なんか言った？」

と、右斜め前を歩いていたミハルが足をとめて振り返り、ツインテールがふわりと宙を舞った。

「あ……、いや、ええと……」

いつの間にか考えていたことが口に出てしまっていたらしい。

彼女が大丈夫？　とでも言いたげな顔をする。

「……あのミハルさん、知っていたら教えて欲しいんだけど……」

「急に改まって、なに？」

「カヨさんって……、どうしてメイドさんをやっているの？」

ミハルは目をしばたたかせながら、眉間の皺を深くしていく。

「どうして……って、なんでそんなことを聞くの？」

訝しげな視線に慌てて顔の前で両手を振る。

「いや、別に深い意味は無いんだ。ただ、昼間はあんなに堅くて真面目な人がなんかすごく意外だなって、単純にそう思って……」

「あ……、そっか」

ふっ、とミハルの顔が緩んだ。

「そういえば、二人って同じお勤め先なんだよね」

「そう。しかも同じ部署。カヨさんは僕の上司で」

「それじゃ確かに不思議にも思うよね」

首を傾げながら、困ったなという風に笑い、

「でも、本当のことを言うとミハルにもわからないんだ」

「そうなの？」

「うん。なんか聞いちゃいけないことような、そんな気がして」

「ふうん……」

やはり少しデリカシーに欠ける質問だっただろうか。

気まずさから次の言葉が見つからず、健二は視線をあちこち彷徨わせる。中央通りを走っていく流しのタクシー。高架橋の上をゆっくり走る電車。窓の明かりが消されたいくつものビル。その上に煌々と光る、商品や店の名前を標したネオン。

「あのね、カヨさんはミハルの先輩なんだよ」

唐突な科白《せりふ》に、視線が正面に引き戻された。

「先輩って、学校の？」

「そう。うちの学校、中高一貫の女子校でね、ミハルが中学一年生のとき、カヨさんは高校二年生だったの。当時生徒会長だったカヨさんはそれはそれは綺麗《きれい》で頭も良くて運動も出来て、全校生徒の憧《あこが》れの的だったんだ。ファンクラブが出来ちゃうくらい」

「女子校なのに？」

「うん。バレンタインデーのときなんかは誰が一番最初にチョコを渡すか、とかで喧《けん》嘩《か》になるくらい」

そこで彼女の表情がふっ、と曇る。

「……でもね、その一方でカヨさんはいつも一人でいることが多かったような気がする。なんとなく寂しげなイメージが強かったし。今から思えば、カヨさんは完璧《かんぺき》すぎたんだと思う。ミハルも含めてどんな人でも、ある一定の距離まで近付いたらあとはなんとなくそれ以上近寄ることが出来なくて。私たちがカヨさんを一人にしちゃっていたんだね。そうこうしているうちにカヨさんは卒業してイギリスに行っちゃった」

「その様子はなんとなく想像出来る、かな。会社とかそんな雰囲気だし」

「……でも、去年のことだったかな。ミハルが食材の買い出しに出たところ、たまま秋葉原に仕事で来ていたカヨさんに会ったんだ。それで、折角だからということでメイプル・ホームに案内してあげたら、カヨさんがすごい興味を示してね。で、半分冗談で一緒に働きませんか、って誘ったら本当に毎週店に来るようになっちゃって」

「そうなんだ……。メイドさんが気にいったのかな？」

「かもしれない。それにね、カヨさん、メイドさんになってから変わったの」

「変わった、って？」

彼女は顔を赤らめ俯く。

「……笑うように、なったんだ。今まで一度も笑ったことなんてなかったのに。カヨさんの笑顔をはじめて知ったときは、とてもうれしかったな……」

ミハルのうれしそうな顔は、しかしなぜか次第に曇っていき、下唇が噛みしめられる。握られた拳が小刻みに震える。

「ミハルさん……？」

そして彼女は突然、顔を上げると健二の両手を握ってきた。

「だからお願いです。カヨさんがずっとここにいられるよう、かじくん、平日のカヨさんをしっかり守ってあげてください」

「え……」

「絶対ですよ！」

真剣な眼差しにたじろぎつつも辛うじて頷くと、彼女はツインテールを翻しながらくるりと背中を向け、電車のガード下をくぐり駐車場の方へ走っていく。

頭上から電車が通過する音が聞こえ、そして遠ざかっていく。

時折、足早に駅に向かう人たちの怪訝な視線に晒《さら》されながらも、健二はその場に立ち尽くし、ミハルの言葉を頭の中で何度も反芻《はんすう》し続ける。

しばらくして彼は頭を抱えるように空を仰ぎ見たが、いくら探そうともそこに月を見つけることは出来なかった。

六月十五日　火曜日　月齢：三

健二が河原田とともに営業部のチーフ・早竹に呼び出されたのはその日の午前のことだった。通されたのは、オフィススペースの隅に設けられた打ち合わせ卓ではなく、四方を壁で囲まれた会議室。窓のない部屋では蛍光灯の無機質な光が白い壁に反射し、必要以上の圧迫感をもたらす。

他部門のチーフが、うちのチーフである石峰を飛び越えて自分たちを直接呼び出したのだ。普通の話のわけがない。それに相手が例の反・華泉礼派の早竹である。戸惑いと緊張で自然と膝の上の両拳が固く握りしめられる。一方で河原田はいつにも沉《ま》して不機嫌なようでさっきからずっと貧乏揺すりを続けている。

「忙しいときにわざわざすまないね」

手元のファイルの上で両手を組んだまま、早竹はちっともすまなそうじゃない顔で言った。

「SE部も最近は体制変更とかで色々大変なんだろう？　うちの上の方も心配してい

るみたいだよ。顧客対応に支障が出ないかって」

「あのさ」

河原田が相手の科白を遮り、

「さっさと本題に入ってくれないか？　こっちが忙しいのはわかっているんだろう？」

「ああ、ごめんごめん。じゃあ単刀直入に」早竹が身を乗りだし、わずかに目を細め、「キーレン社案件の進捗があまり芳しくない、と聞いてね。今日はそのことについて話を聞きたかった」

健二は戸惑う。確かに委託会社の変更などもあって、進捗はやや遅れ気味だ。けれどどこれくらいの遅れなら一般的によくあることだし、十分にリカバリーは可能な範囲ではないか。

「その件は先週の部門長会議で石峰さ……チーフが、特に問題無い旨報告していたと聞いていますが」

「うん、その通り。僕もその場にいたし。とはいえ、ああいう会議の場においては、得てして悪い情報は隠されるものだろう？　だからキーレン様を担当しているうちの部としては担当者に直接聞いておいた方がいいと思ってね。ＰＪの進捗以外のことについても個人的な感想で結構なので聞かせて欲しい。もちろん、この場で聞いたことは口外しないことを約束する」

河原田の顔を見ると、不機嫌そうな顔ながらも小さく頷く。まあいいんじゃないの、という意味だと受け取る。

「進捗が遅れ始めたのは石峰真夜が君たちの部署に来てからだ。そして我々から見ると、業務方針の大きな転換により、現場では少なからず混乱が起こっているように見える。実際のところどうなんだろうか」

健二は慎重に言葉を選びながら話し出す。

「まず、遅れの主な原因は土壇場での委託会社の変更によるものです。ただこれは赤字案件の解消という全社方針を優先させた結果、避けられなかったものだと思います」

「なるほど。彼女の業務の進め方についてはは？　部下のコンセンサスを得て案件を進められているかどうかについては」

言葉に詰まる。トップダウン式の彼女のやり方に多くの担当者が反発するのはあたりまえのことだし。

と、河原田がふんぞり返りながら言った。

「ま、正直やりにくいわな。あんな急激に方針を転換されても現場がついていけるはずもない。それに業務のイロハもわかっていないような小娘にご指導いただいている状況には腹が煮えくり返って仕方が無い。本音を言うとはやく出て行って欲しいところだ」

早竹が我が意を得たりとばかり、にやりと笑う。

「へえ、君とは珍しく意見が合うな。まあ、彼女をはじめとする華泉礼のスタッフによる『業務改善プロセス』が開始されて約三週間。当然ながらそれにともなう弊害もあちこちで出ている。特に君たちのキーレン社ＰＪの業務委託先の突然の変更については従来の取引先との信頼関係の維持という観点からも問題になっているんだ」

「ふうん、やっぱりな」

「だから、この辺りで問題は問題だと指摘し、正すべきところは正すことが必要ではないか、と私は考えている。なにごとでもＰＤＣＡを回すことは重要だからね」

ＰＤＣＡ。なんだったけか。確か研修のテキストに出てきたような。やったことについてはきちんと振り返りをし、次に活かしなさい、とかいうごくあたりまえのことをかっこつけて言った言葉だったような気がする。

「……なにが言いたい？」

「うん。そこでだ、君たちにも問題点の洗い出しに是非ご協力いただけないかと思ってね」

つまりは華泉礼商事の影響力を排除したい副社長派に味方しろ、ということだ。

河原田はどうするのか。石峰の存在を快く思っていない彼なら一も二もなく賛同しそうな気がする。

だけど。

彼は気怠そうに背もたれによりかかると言った。

「そういう話ならお断りだっての。確かに彼女のやり方は気にくわない。でも俺は、同じくらいおまえらも気にくわないんだ。知ってんだろ？　それに彼女は別に間違ったことを言っているわけじゃない。正論過ぎて非現実的ってだけだ」

そしておもむろに机の上の手帳を手に取ると、

「そういうわけで、おまえらと組む気はさらさらねえよ。一応、ここでの話は忘れてやる。二度とこんな話持ってくるな」

そう言いながら席を立ち、会議室の外へ出て行く。

健二も慌てて早竹に一礼して部屋を出ると、前を行く河原田の横に並ぶ。

「あの、結構、意外だったんですが」

「なにがだ？」

　こちらをちらりとも見ずにぶっきらぼうな返事。

「河原田さんが石峰さんのことを評価していたことです」

「馬鹿を言え」

　顔をしかめ、吐き捨てるように言う。

「誰が評価しているなんて言った。別に間違ったことは言っていない、って俺は言っただけだ。それは褒め言葉じゃねえ。むしろ逆だよ。おまえも知ってるだろ？　正論だけじゃ仕事は出来ないってことを。下らないことを言うな」

　そして、河原田はこちらを見ると、

「それよりも梶原さ。おまえ、あれの件はどうなったんだよ？」

「……あれの件？」

　立ち止まる。

　なにか忘れている仕事でもあったか。

　睨み付けられ、慌てて頭を高速で回転させる。

「石峰女史を内偵する件だよ！」

「あ……」

　直後、手帳で頭を叩かれた。

「そんなんだから仕事でもミスするんだよ」

そう言い捨てると、河原田はさっさと先に行ってしまう。

——ここ最近は大きなミスは犯していないはずなんだけどなあ。

そう言いたいのをぐっと堪え、健二は河原田の後を追った。

六月十六日　水曜日　月齢：四

例の番組が放送され、そして健二の悪い予感は的中した。

VTRにはっきりと石峰の姿が映っていたのである。

番組自体はよくある昼間の主婦向けのバラエティーで、秋葉原の各スポットをレポーターが紹介していくVTRを見ながら、スタジオにいる司会者とゲストが他愛も無いトークを展開するという、毒にも薬にもならない内容である。

その日のうちにミハルから連絡を受けた健二と石峰は、仕事が上がりの午後十一時過ぎ、閉店後の『メイプル・ホーム』に立ち寄っていた。

「あんだけカヨさんは映すな、って言ったのに！」

顔を真っ赤にしたミハルがリモコンを操作し、録画しておいた番組を一時停止させる。

　店内の雰囲気を伝えるために挿入されたいくつかのシーン。接客のワンカット。時間にして五秒程度だろうか。真横からではあるが、ご主人様にアイスコーヒーを出し、ミルクをマドラーでかき混ぜている石峰の姿がはっきり映し出されている。

「ああ、もう！　今からでも殴り込みに行かなきゃ気が済まないっ！」

「そ、それだけはやめようよ」

　地団駄を踏みながら壁に拳を入れるミハルだが、やがてすぐに肩を落とし、落ち込んだ声で、

「カヨさん、ごめんなさい……、こうなったのはミハルがはっきり断らなかったせいで……」

「ううん。ミハルちゃんは悪くないですよ。それに、たぶん大丈夫。放送時間も昼間だから会社関係の人が見ていることはまずないはずですし、たとえ偶然目にしたとしてもこれだけ短くて、しかも横顔だから私だとは思わないですよ」

　石峰はミハルをなだめながら、眉を八の字に曲げ苦笑する。

「それならいいですけど……」

健二は一時停止された画面に映される彼女の姿をじっと見つめながら、心に暗雲が広がっていくのを感じる。

万一、この番組を偶然目にした人がいたとしても、彼女が言う通りすぐにそれが石峰だと考える人はいないかもしれない。しかし、いずれ彼女に似た人がテレビに出ていたと噂にする人が現れないとは言い切れない。そして、次第に広まっていくその噂に興味を持った誰かがどこからかビデオを入手し、そのシーンを検証しようと考えたりでもしたら。

そうなったとしたら、一体どうやって誤魔化せばいいのか。

いくら考えても、それに対する解決策は一向に見いだすことは出来なかった。

六月十七日　木曜日　月齢：五

悪いことは続く。

翌日の午後、他部署との打ち合わせ中に健二の内線ＰＨＳが鳴った。ディスプレイに表示されたのは飯島の番号。相手に断り、電話に出る。

『悪いんだけど、今すぐに部屋に戻ってこれる？』

電話の向こうは慌てているのかやや上擦った声。訝しく思いながら問い返す。

「どうかしたんですか？」

『緊急事態。つくばの件、納期に間に合わないかもしれない』

「え？」

『〝アプリコット〟の納品が出来なくなったって。さっきメーカーの営業がやってきて』

耳を疑う。その名前は確か、つくば店舗に置かれた全構内電話を制御するために用意していたサーバー《IP・PBX》のことじゃないか？　それが納品出来ない、ということは、つまり……。

顔から血の気が引いていくのがわかった。打ち合わせを途中で切り上げると急いでSE部のフロアに戻った。

それから二十分後、すぐさま緊急のミーティングが招集された。とはいっても外出しているメンバーもいるため、集まったのはチーム全体の半分にも満たない六人程度。パーティションで区切られた会議スペースの中、石峰はいつも通り感情のよく窺えない表情だが、その他のメンバーは疲れ切った顔で椅子に腰掛けている。

飯島が一通り説明したところによれば、メーカーの担当者がケーイージーからの発注を受けた後の処理を忘れていたために、つくば案件用のサーバーが作られていないことが今朝発覚した、と、いうことだった。

「――他に在庫は無い、ということでしょうか？」

彼女の問いかけにはす向かいの席に座った飯島が答える。

「はい、これは受注生産品なんです。今から作れないか、と問いただしたのですが、先方からは、色々調整したものの工場のラインに空きが全くないので難しい、との報告を受けています」

場が沈黙する。

致命的だった。構内電話システム用として用意されるはずだったこのサーバー（アプリコット9300、という機種だ）が納品されないということは、キーレン・ムーヴつくばの各所に設置される業務用の電話機がタダの箱になることを意味する。

「あーあ、こりゃ開店は延期、だな」

河原田が万歳しつつ背もたれによりかかり、投げやり気味に言った。それがきっかけとなり各々が勝手にしゃべり始める。

「営業にはどう伝えるんだ？」

「早竹さんのとこだよな。やばいなあ。ネチネチ言われるんだろうなあ」

「いや、それじゃすまないだろ。副社長あたりからうちの部長に直接お怒りの電話が来るんじゃないか」

「でも、原因はメーカー側のミスだろ。奴らに責任とらせるのが筋なんじゃないか」

「まあ、そこらへんが妥当だろうな」

健二は狼狽《うろた》える。現実的に考えれば開店を延期するなんて出来るはずがない。周りは一体なにを言っているんだ。あるいは自分の感覚がおかしいのか？

それにもしそんなことになれば、プロジェクトの赤字は確実だ。華泉礼商事の文書に書かれていたことをそのまま信じれば、不採算プロジェクトは解散させられ、メンバーは配置転換になる。

「あの……」

そう言おうとしたとき、石峰が静かに立ち上がった。

皆の声が止み、視線が一点に集まる。

そして彼女は全員を睥睨《へいげい》すると、

「延期は決して許されません。今から代わりのサーバーを調達する方向で進めます。

他の業者に当たるか、あるいは社内を当たって納期が先の他の案件のものをこちらに回すなどして都合を付けてください」

「ちょっ、ちょっと待ってください！」

メンバーの一人が慌てて立ち上がる。

「現場に設置する電話機はＩＰ対応の多機能型で、すでに先週末に全五百台の設定を終え、あとは取り付ければいいだけの状態で現場に山積みにされています。もし今、予定していたサーバーを変更したりでもしたら、電話機の方も新たに五百台分用意し直す必要があります。そんなの現実的に無理ですよ！」

だが石峰は細めた目で彼を見返し、

「開店日を延期するのと、どちらの方が非現実的でしょうか。解決法を見つける、それが今、私たちのなすべきことです」

それだけ言い残すと、ミーティングの終了を宣言し部屋から出て行く。

残されたメンバーが宙を仰ぎ、何人かが溜め息をつく。立ち上がったままのスタッフが釈然としない顔で席に座る。

「冗談じゃない」

メンバーの一人が投げやり気味に言いながら、ボールペンを机の上に放った。

「あれだから素人《しろうと》は困るんよな。今さら代替機なんて確保出来るわけないだろ。あんなのは市販のおもちゃみたいな製品と違って、全部受注生産品なんだ」

「解決法を見つけるって言われても、この案件だけにかかりっ切りになるわけには……。他にも納期が迫っているのはたくさんあるし……」

さすがに健二は狼狽《ろうばい》を隠せずに言う。

「でも、実際問題、開店日の延期は……かなり難しいんじゃないか、と思います。七月十日オープンということは公にされていますし、広告だってあちこちに出されています。それに……、うちのせいでオープン延期になったらそれこそ会社間の問題になるような……」

「まあ、梶原の言うことはもっともなんだけどさ」

答えたのは飯島だ。眉間に皺を寄せつつ、

「この場合は仕方ないよ。運が悪すぎた。うちでなんとか出来るレベルじゃない。そもそもの責任はメーカーにある以上、クライアントへの謝罪もその後のフォローも全部彼らにやってもらった方がいい」

「それってなんか違うような……。原因はどうであれ、仕事である以上、クライアントが困る状況を回避する方法を考えるのが一番だと思うんですけど」

「あのな、梶原」

と、河原田が声を発した。低く、静かな声。向けられた鋭い視線に思わず息を呑む。

「仕事――ビジネスだからこそ、こういった場合にはうまく立ち回る必要がある。飯島の言う通り、あとはメーカーに任せてうちはこの案件から手を引くべきだ」

「どういうこと……、です？」

「もし、おまえが言う通り、なんとかしようともがいて、結果としてなんともならなかった場合はどうする？　たとえば、代替機をぎりぎり調達出来たとする。だが、設定に時間がかかり、オープンまでに使える状態にすることが出来なかった。そのときこそ、本当に俺たちの責任になる。この事態に対して、リカバリー可能だ、という誤った判断をし、被害を拡大させたという責任がな。……今だったらすべての責任はメーカーということに出来る。ここで手を引くのが最も賢明な選択だ。キーレン社には気の毒だがな」

確かに河原田の言うことには一応は筋が通っているように聞こえる。

とはいえ、素直に納得することはとても出来ない。なぜなら、彼の言うことは顧客を見捨てることに他ならないからだ。

それにもう一つ気になることがある。

「もし仮にそこで手を引いたとして……、採算の方はどうなるんです？」

「もちろん、真っ赤だろうな。決算期には特損を計上することになるだろう。けれど、責任を問われて事態がこじれるよりかはよっぽどマシだ」

言葉を失った。

特損――特別損失。

もしそんなことになれば、組織改編、配置転換どころの騒ぎじゃない。石峰がどう言おうと、華泉礼は容赦なく人員削減《リストラ》まで踏み込んだ対応をしてくるだろう。

河原田が溜め息と共に、首を横に振る。

「俺《おれ》だって、出来ればそんな醜態は晒したくない。社内でもお笑いぐさだ。だが、この案件は元々無理があったんだ。こうなるのはある意味当然の結末かもな。とにかく、石峰女史には後で俺から言っておくわ。営業サイドとも調整してもらう必要があるからな。――それじゃあ解散」

気怠そうに立ち上がったメンバーがばらばらとパーティションの外に出て行く。

「ちょっと待っ……」

呼び止めようと腰を浮かしかけるものの、

「梶原は頑張っていたもんな。納得出来ない気持ちはわかるよ」

そう言いながら飯島が肩を叩いて出て行き、健二はその場に一人残される。椅子に深く腰掛け、天井を仰ぎ見る。

このままではいけない。

彼は華泉礼商事の書類に書かれていた内容を思い起こす。先週、客先から帰るときに石峰を休ませたコーヒーショップで偶然、目にしたその紙には、不採算プロジェクトの例外無き解散が指示されていた。そのことから考えると、華泉礼は各PJ内の事情など斟酌《しんしゃく》することはないだろう。大幅な採算割れを起こしたというその事実だけをもってして、大なたを振るうに違いない。

だとしたらどうすればいいか。

——解決法を見つける、それが今、私たちのなすべきことです。

石峰の科白が蘇《よみがえ》る。

確かに、それしかないのだ。迷っている暇は無い。健二は手で自分の両頬を叩くと、勢いよく席を立つ。

自席に戻り、メールソフトを立ち上げる。そしてアドレス帳から大学時代の友人をいくつかピックアップ。皆、ＩＴ系の企業に進んだ連中だ。

少し迷ったものの、それらをまとめてメール作成画面のBccに放り込み、本文を書き始める。

『○○大ＯＢの梶原@ケーイージーです。お久しぶりです。Bcc＆いきなり仕事の話でごめん。Ｒ社のSIP《シップ》サーバー、〝アプリコット９３００〟について知っている人がいたら至急リプライが欲しいです。メーカーからの納品が間に合わないとかで顧客対応上、激マズな状態。対処策を探して右往左往中。よろしくですm(_ _)m』

すぐさま送信ボタンを押す。

それからわずか数分後、胸ポケットに入れていた携帯が鳴った。ディスプレイに表示されたのは見慣れない番号。

通話ボタンを押すと、懐かしい声が聞こえてきた。

『あ、梶原くん。元気？　メール見たよ。そっちも大変だねー。うちも昨日、メールサーバーを三時間止めちゃってさ。今、会員からのクレーム対応でしっちゃかめっちゃかだよ』

相手は同じゼミに所属していた佐藤《さとう》で、今は家電メーカー系の中堅インターネットサービスプロバイダに勤めている。

健二は周りに会話を聞かれないようフロアの外に移動する。

「悪いね、そんな忙しいときにわざわざ」

『いやいや。気にすんなって。それよか、アプリコットの件、詳しく聞かせてよ』

一通り事情を話している最中、電話の向こうからはなにやらせわしなくキーボードを叩く音が聞こえてくる。

『……ふーん。なるほど。いやね、そのアプリコットだけど、確か最新機種が出るっていうニュースをどこかで見たなあ、と思ってさ』

「え……？」

そんな話、うちに出入りしている営業は一言も言っていなかったような。

『ちょっと待ってな。……ああ、うん、今、ググった。R社のサイトに載ってるよ。新機種だったら既にいくつか試作品《β版》作っているんじゃないの？　交渉してそっちを使わせてもらうとか。一応URL、メールで送っておくわ』

彼にお礼を言いつつ電話を切り、席に戻る。

彼からのメールは既に届いており、本文に書かれたURLをクリックすると、R社のサイトがブラウザに表示される。

『報道発表資料：大規模エンタープライズ向けSIP《シップ》サーバー〝アプリコット９８０0〟の販売開始について』

９８００。……９３００の次の機種ということか。

クリックし、報道発表資料《プレスリリース》を読み進めていく。

本文中には現行機種の後継機として9800型を開発していること、販売開始は来月を予定していることなどが書かれている。

そして、その一番下に記載されている文章を目にした瞬間、健二は息を呑んだ。もしかすると、これが突破口になるかもしれない！

プリントアウトした紙を手にフロアから飛び出すと、あいている会議室に入る。角に置かれた電話の前に立ち、大きく息を吸って呼吸を整えると、震える手で紙に書かれた番号をダイヤルし始めた。

＊

健二が再びフロア内に戻ったとき、部屋の空気が張り詰めているのに気づいた。誰も一言も発せず、キーボードを叩く音もほとんどしない。視線を前の方にやり、その理由はすぐにわかった。石峰のデスクの前、丸椅子に腰掛けた河原田が彼女と向き合って話し込んでいる。

静かに河原田の言い分を聞いていた石峰は、

「……そういう考え方は許容出来ませんね」

そう言って細めた切れ長の瞳で相手を見据える。

「ケーイージーが元請けである以上、いかなることがあろうとも私たちには納期を守る義務があります」

「そうは言ってもですよ、ここで手を引かないと後々もっとややこしいことになると思いますけどね」

「メーカー側の発注漏れに気づかなかった時点で既に我々には責任が生じています。撤退は許されないでしょう」

「自分としてはこの段階だったら、まだ交渉の余地はあると考えています。それを石峰さん方マネージャークラスで調整してほしい、と言っているわけですよ。それに正直、うちのチームはこの案件に稼働をとられすぎですよ。今の段階で切り捨てないと、他の案件まで火を噴きます」

今は淡々とした話し合いだが、それもそう長くはもつまい。河原田が激昂《げっこう》するのが先か、痺《しび》れを切らした石峰が議論を打ち切るのが先か。

フロア内の緊張感が高まっていく中、健二はデスクの間をすり抜け、二人のもとへ向かって行く。周りの目が自分に集中し、石峰と河原田もまた、なにごとかと顔を上げる。

「あの――、代替案が、見つかりました」

緊張のためか微かにかすれた声でそう言いつつ、震える手で二人の間に書類を差し出した。

『アプリコット９８００』についてのメーカーＲ社の報道発表資料の打ち出し。

「これは……？」

訝しげに石峰が見上げてくる。

「Ｒ社が開発している、アプリコット９３００の後継機の概要です。後継ですので、今用意しているＩＰ電話端末も交換することなく、そのまま利用することが出来ます。そして、ここを見てください」

報道発表本文の下部を指で示す。

『――なお、本機については、六月三十日（水）～七月二日（金）に幕張《まくはり》メッセにて開催される〝ネットワークＥＸＰＯ〟にて展示する予定です。本件に関するお問い合わせ先：エンタープライズ事業本部　担当：松本　電話：03-XXXX-XXXX――』

「展示会は七月二日までで、キーレン・ムーヴつくばのオープンは七月十日。この機器をそのまま筑波に運べばなんとかなるタイミングです。さきほど、Ｒ社に電話をかけて交渉しました」

石峰が資料を手元に引き寄せ、顔を上げて訊ねてくる。

「それで、先方はなんと？」

「急ぎ検討し、夜までには回答する、とのことです。個人的な感覚ですが、先方が拒むことは無いと思います」

資料を捲りつつ、彼女はほっとしたように、口元に微かな笑みを浮かべた。

「なるほど。この線で行きましょう。梶原さん、助かりました」

これで、なんとかなる。

安堵《あんど》したそのとき、いきなり強い力で腕を摑まれた。

「梶原、——おまえな！」

驚いて視線を横に振ると、そこには河原田の憤った表情。

額に青筋を立てたその顔は、けれど、どことなく青白い。

一瞬にして肝が冷えた。

だが、ここで折れては駄目だ、健二はそう自分に言い聞かせ、彼の目を真正面から見返す。

そして絞り出すような声で、

「すいません、河原田さん。でも、この案件は、絶対に失敗することは――赤字にすることは出来ないんです。わかって、ください」

直後、ふっ、と腕を掴む力が弱まった。ゆっくり手が離され、河原田が椅子から立ち上がる。

そして彼は震える声で、

「後はどうなっても知らないからな」

そう吐き捨てると、大きな足音を立てながら席へと戻っていった。

成り行きを見守っていたメンバーたちが、健二と目が合うなり気まずそうな顔をして視線をＰＣに戻す。

頭の中がぐらぐら揺れているような気がする。

一瞬、これで良かったのかという途方もない後悔の念に襲われそうになる。

けれども。

目の前に視線を移すと、そこには真剣な表情で資料を読み込む石峰の顔。

……こうするしか選択肢はないのだ。

息を大きく吸って吐き出す。数回それを繰り返すと次第に心が落ち着いてくるのがわかった。

そして、ボールペンを握りしめると、彼女に製品についての説明を始めた。

六月十九日　土曜日　月齢：七

「わ、カヨさんすっごく可愛いにゃん！　似合ってるにゃん！」

「え……？」

ミハルの声にどことなく上の空の石峰が顔を上げた。その拍子に頭についた猫の耳がふるふる前後に揺れる。

「うん、か、か、カヨ猫さんにお給仕されたら、どんなご主人様でもイチコロだにゃん」

「あ、うん……。そうかな？」

朝、カフェ『メイプル・ホーム』のスタッフルーム、鏡の前に座った石峰の頭についた猫の耳を、ミハルが両手で前後に揺らしていじっている。そう言うミハルの頭にも猫の耳。

今日から二日間、メイプル・ホームでは、『ネコミミ day』なるイベントが催されることになっていた。普段、メイプル・ホームに住む子猫たちが日頃優しくしてくれるご主人様のためにメイドに変身するという設定で、メイドさんは全員頭にネコの耳を模したカチューシャとネコの尻尾をつけてお給仕するのだ。ミハルによれば、ネコミミは『萌え』アイテムの一つらしい。

確かにネコミミと尻尾をつけたカヨさんのメイド姿はいつもより刺激が強くて、正視することが難しい。

けれど、気になることが一つ。それはミハルも気づいていたみたいで、石峰の顔を覗き込むと、眉根を寄せ、

「でも、カヨさん、折角の子猫のおもてなしなのに、なんだか沈んだ顔をしているにゃん。なにかあったかにゃん……？」

「え……、そう、ですか？」

急いで笑顔を作ろうとしたが、無理をしている自覚はあるらしい。すぐさま拳を作って自分の頭をこつんと叩き、ぺろりと舌を出す。

「うん、ちょっと平日の仕事の方で色々とあったから。……駄目だよね。ちゃんと切り替えなきゃ、折角お帰りになられるご主人様に失礼だよね」

「でも、あまり無理しない方がいいと思うけどにゃん」

ミハルはそう言いつつ咎《とが》めるような目線を健二に送ってくる。ちゃんと平日のカヨ

さんを支えてよね、そう言いたいらしい。

　慌てて両手を体の前で振り、

「石峰さん、あっちの件はなんとかなりそうじゃないですか。僕も頑張りますから、そんなに心配しないでください」

「そうですよね、すいません。ご心配をおかけして」

　そう言って、いつものカヨさんらしい笑顔を浮かべる。

「じゃあ、カヨさん、時間も無いから早速練習だにゃん！」

「練習って、なにを……？」

「決まってるにゃん。ご主人様をお迎えするときのポーズだにゃん！」

「こ、ここで……？」

　ちらり、と健二の顔を見るが、

「そうそう、立つにゃん！」

　ミハルに半ば強引に立たされ、その瞬間に猫の尻尾が元気よく跳ねる。

「……せーの……、お帰りなさいませだにゃん、ご主人様！」

　二人同時に右手を招き猫みたいに掲げながらご挨拶。とは言っても、石峰の声は微かに聞こえたかどうか。

「うっわー、カヨ猫さんかわいーー！」

「ちょ、ちょっとミハルちゃん！」

つま先立ちをしたミハルが本物の猫を扱うみたいに石峰の頭を撫で回すが、彼女の方もまんざらではなさそうだ。顔をほころばせ、口元に笑みがこぼれる。

健二は急に気恥ずかしくなり、思わず顔を背けた。普段の〝石峰チーフ〟とはかけ離れた表情を目の前にし、どうすればいいのか自分でもわからない。特に今週は彼女の厳しめな表情を目にすることが多かった分、その差が大きいような気がする。

とそのタイミングで扉が開き、別のメイドさんが顔を覗かせる。

「あの、ミハルさん、そろそろお店開けてもいいですか……？」

ミハルはハッとしたように壁にかかった時計に目をやり、

「あ、もうこんな時間。じゃあ、カヨさん、行きましょうか。――かじくんもよろしく」

「う、うん……」

その言葉に促され、自分の持ち場であるキッチンに入る。

開店の準備をしつつ、けれども、知らず知らずのうちに視線はホールの方に向いてしまう。その先には石峰の姿。

頭のネコミミを前後に動かし、尻尾を左右に振りながら立ち働き、帰宅したご主人様を笑顔で迎える。

その顔からは先ほどまでの不安げな様子は微塵《みじん》も感じられない。彼女自身が言ったように、メイドのカヨとして店に立つ以上、平日のことは一旦忘れようとしているのだろう。

会社で見せるのとは全く異なるメイドとしての顔。

それを見ているうちに、健二の頭の中にいつもの疑問が浮かんでくる。彼女はなぜメイドをやっているのだろうか。出来ればその理由を知りたい。

けれども、それが難しいことはよくわかっている。

色々な経緯があって週末はこうして同じ店で働いているとはいえ、彼女にとっての自分はあくまで会社の部下という位置付けでしかない。そんな自分に対して彼女が自らその理由を教えてくれるとはとても思えない。

そこまで考えたところで、健二は首を横に振り、思考を止める。

それについてこれ以上考えても仕方ない。

自分の彼女を支えたい、という気持ちに変わりは無いし、メイドの仕事も会社の仕事も両方頑張る彼女を応援したい思いに偽りはない。自分がすべきことはミハルが言ったように、平日の石峰を守ることではないか。

と、そこで一瞬、不安が頭をよぎった。

もう一つ大きな懸案事項を思い出したのだ。

それはテレビにメイド姿の石峰が映し出されたこと。

とりあえず今のところ社内で噂になっているようなことはなさそうだが、それでも万一のことを考えると不安で一杯になる。誰も気付かないことを祈る他無いが、なにかあったときに、自分に出来ることは——

「かじくん！　ケーキセットまだかな⁉」

「へっ⁉」

横を振り向くと眉根を吊り上げたミハルの姿があった。

「ご、ごめん！　今すぐ用意します」

「全くもう……」

彼女は急いでね、とだけ言い残してホールに戻っていく。

いけない。今は目の前の仕事に集中しなければ。

頬を両手で叩くと、健二は作業に取りかかった。

午後二時を回った頃、『メイプル・ホーム』は最も混み合う時間帯を迎えていた。イベントが開催されることに加え、テレビで紹介された効果があったのかもしれない。今日はいつもよりご主人様の数が多い。オーダーシートの数も普段より多めで、メイドさんたちはさっきからホールとキッチンの間をめまぐるしく行き来している。

だけど。

健二は今日何十杯目かになるアイスコーヒーを注ぎつつ、ずらりと並べられたオーダーシートを目にしながら、どうにも違和感を拭えない。

なにかがいつもと違うのだ。

うまくは言えないが、いつもの『メイプル・ホーム』とはどこか違うというか。

と、そこへ、

「梶原さん、ちょっとお伺いしたいことが」

いきなり石峰がキッチンに入ってきた。

眉を少し寄せた不安げな表情に、一瞬、健二は自分がなにかしでかしたか、と焦る。

しかし、彼女は壁に並べられたオーダーシートを眺めるなり、健二の目をまっすぐ見つつ訊ねてくる。

「今日はお飲み物以外の、お料理のご注文って来てますか？」

「いえ、そっちの方はあまり無いですね――」

答えながらさっきの違和感の正体がわかった。

「――ほとんどの注文がアイスコーヒーか、ソフトドリンクで、あとは時々ケーキがつくくらいです。確かにこれだとそんなに手間もかからなくて助かるんですが……」

「やっぱりそうですよね……」

彼女は一瞬なにか考えるような顔をすると、

「ちょっとこちらに来ていただけますか？」

ホール全体が見える位置まで手招きする。

テーブル席はご主人様、お嬢様で満席で、入り口には何名かが入店を待っているような状態。盛況と言ってもいい。

「テーブルの上、よく見てみてください」

言われるがまま、視線を席の方に戻す。

「たしかにほとんどがアイスコーヒーですね。でもそれが……？」

「柱のそばに座っている常連のリュウさん。壁際のカンジさん、そしてヒサダさん。

いつも私たちがお料理に書くメッセージを楽しみにしてくださる常連のご主人様たちです。でも、今日はみなさま、お飲み物しか召し上がらなくて」

確かにいつもケチャップで書いてもらうメッセージを楽しみにしている久田にしてはめずらしい。

「どうしてですか?」

健二の問いかけに彼女が少し寂しげに視線を床に落とす。

「今日のメイプル・ホームは新しく来られたご主人様も多く、混み合っているのを見て遠慮なさっているみたいなのです。他の常連のご主人様・お嬢様も三十分くらいでご出発される方が多くて」

「それはそれで席の回転が早くていいと思いますけど」

けれど彼女は首をゆっくり横に振り、

「確かにそういう考えもあります。でも、ご主人様に折角のイベントを楽しんでいただけていないんじゃないか、と思うととても心苦しくて」

彼女が俯くと同時に、猫の耳がぺたんと前に倒れた。

その夜、お店がクローズした後、ミハルの呼びかけでメイドさん全員と健二がホールに集められた。

テーブルを端に寄せて作ったスペースに椅子を円状に並べ、そこに各々が座る。人数は健二を入れて七人。その誰もが難しそうな表情をして黙り込んでいる。

営業時間を終えＢＧＭが消された店内には、装飾の一部である柱時計の振り子の音だけがやたらと大きく響いて聞こえる。

「たしかに、ミハルさんやカヨさんがおっしゃったことは私も気になっていたんですよね」

セミロングのメイドさんが眉間に皺を寄せながら、口を開いた。

「ご主人様も『可愛いかった』『楽しかった』とは言ってくださるんですけど、でも、なんかどなたも慌ただしくご出発されているようで」

「あたしもそう。どのご主人様もすごく遠慮しているなあっ、て感じたな」

それを受けて、椅子に反対向きに座ったメイドさんも同意する。髪型をショートカットにした、ボーイッシュな印象の子だ。

「ナベっち――あ。あのセクハラご主人様までもが、今日はアイスコーヒーでいいや、だって。いつもはあたしにケチャップで変な絵を書かせようとするのにさ！」

「やっぱり今日はご主人様が多すぎたんでしょうか。折角のイベントもご帰宅いただいたご主人様におくつろぎいただけないようでは、駄目ですよね」

溜め息とともに呟かれた石峰の言葉に、その場にいた全員が黙り込んでしまう。

彼女の寂しげな横顔に、健二は一瞬、自分の胸が締め付けられるかのような感覚を覚える。石峰をはじめとしたここにいるメイドさんたちは、ご主人様たちに楽しんでもらうことを心から考え、悩んでいるのだ。

そんな彼女たちに自分が出来ることはないのか。

「もしかして……、料理のメニューに問題があるのかな？」

全員の顔が一斉に自分を向いた。

しまった、また深く考えることなしに発言してしまった、と思うがもう遅い。

「……でも、メニューはいつもと変わらないですよね？」

石峰が訝しげな顔を向ける。

「ええと、あの、その変わっていないのが問題かな、って思って……」

「かじくん、それって、どういうこと？　出来れば詳しく教えて欲しいんだけど」

目をまん丸にしたミハルが訊ねてくる。

「うん。ほら……、今回のイベントって、子猫たちがご主人様に日頃のお礼をするためにメイドさんに変身しているっていう設定でしょ？　だったら、お出しするのも子猫らしいものの方がいいかな、って思って」

メイドさんたちの頭の上にクエスチョンマークが浮かぶのが見え、慌てて付け足す。

「たとえば子猫だったら、自分にはあんまりなじみが無いアイスコーヒーじゃなくて、ミルクとかを出しちゃうような気がする。……あ、でもそろそろ暑くなってきたこともあるし、ちょっと気を利かせてミルクセーキくらいは出すかもしれない」

「あ、それ、結構面白いかも！」

ショートカットの子がいち早く反応する。

「じゃあ、ご主人様にはお菓子としてキャットフードを出しちゃったり⁉」

「ちょっと、ユカちゃん、それはいくらなんでも……」

セミロングの子が苦笑するが、

「いや、それ、いいんじゃないかな。たとえば——猫用のお皿の中に、キャットフードに見たてたミニクッキーを入れて出してみるとか」

「はいはい！　じゃあ、こんなのはどうかな⁉」

ミハルが教室の中の生徒みたいに手を挙げる。

「ご主人様には大好物のお魚を出すと思うんだ！　もちろん、お魚と言ってもこの場合は鯛《たいや》焼きで、それなら上にホイップクリームでメッセージとかも描けるよ！」

「それは、いいかもしれないな。僕も飲み物や軽食を工夫するくらいだったらすぐに対応出来るし、イベントということでメニューもこれだけにしぼればお出しする時間も短く出来る。そうすれば、たとえ短時間のご帰宅でも多くのご主人様に楽しんでもらえると思うな。他にもアイデアがあったら是非！」

と、そのとき床の上に模造紙が敷かれた。

そしてどこから持ってきたのか、石峰がマーカーを一人一人に手渡し、

「じゃあ、みんなでここにどんどん書きこんでいきましょう」

子猫たちがエサに群がるかのように一斉に模造紙に飛び付く。

床の上に正座しつつ、模造紙に好き勝手に書かれていくアイデア料理を見ながら、しかし、健二は段々と、勢いで言ってしまったことを後悔し始める。

いくら飲み物や軽食のメニューを変えると言っても、明日の朝には材料を準備しなければいけないわけで、この後、二十四時間営業のスーパーに行って買い出しをしたり、メニューを作ったりしているうちに、結局、夜なべすることになるのだろう。

馬鹿だ、僕は……。

がっくり肩を落としかけたとき、不意に隣に石峰が近付いてきた。

そして健二の隣にしゃがみ込むと、少し気恥ずかしそうに、

「梶原さん、あの、ありがとうございました。こんな素敵なアイデア、私たちだけではとても思いつきませんでした。これで明日は多くのご主人様に喜んでいただけると思います」

そう言って、頬をやや赤く染める。

その顔を目にした健二はなぜかどぎまぎしつつ、慌てて首を横に振り、

「い、いや僕は別にただ思いついたことを言っただけで！」

「いいえ。そんなことはないと思います。梶原さんがこのメイプル・ホームのことを一生懸命に考えてくださっているんだなあ、ということがわかって、今、私はとてもうれしいです」

長い睫毛、切れ長の瞳、白く透き通るような柔肌。そしてほのかに甘い匂い。

はやる胸を抑えつつ、健二は答える。

「あの……、イベントを成功させたいという気持ちは僕も同じです。僕も……ここの、『メイプル・ホーム』の一員、のつもりですから」

彼女は少し驚いたように目を見開き、けれどすぐに顔を僅かに傾けながら微笑んだ。

「明日は、一緒に楽しいイベントにしましょうね」

六月二十日　日曜日　月齢：八

そして翌日。

メイプル・ホームには土曜日の比ではないほどの数のご主人様が押し寄せた。

メニューを子猫のおもてなしをテーマにした軽食に変えただけだというのに、キッチンはフル回転で別のメイドさんにヘルプに入ってもらわなければとても回せない状態になっていた。

「かじくん、外でお待ちのご主人様が三十人を超えちゃったよ！　もうちょっと早く出せないのかな⁉」

「無理だってば！　そもそもどうしてこんなことになってるんだ⁉」

ミルクセーキの作りすぎですっかり手がかじかんでしまった健二の悲鳴に、オーダーシートの山を抱えたミハルが答える。

「なんか、ツイッターとかですごい話題になっちゃってるみたい！」

「でもこれじゃ本末転倒じゃないか？　昨日以上にゆっくり出来ないだろ！」

そこにショートカットのメイドさん――ユカが上機嫌で駆け込んでくる。

「なんか、鯛焼きに絵を描くのってとても好評なんだよっ！　折角だからクリームだけじゃなくて、カラフルにデコってほしいなって、ご主人様からリクエストされたんだけど！　ねえ、かじくん、チョコレートとかないの？」

「え。いきなりそんなこと言われても用意してないけど……」

途端にむっ、とした顔つきになり、

「それくらい考えて、ちゃんと用意しておけよなっ？　わかった、とりあえず三十分以内に取り揃えておくこと！」

言うだけ言って、ホールに戻っていく。

どうも、心配していたご主人様たちの満足度も上々のようだ。

と、突然、ズボンのポケットに入れていた携帯がメールの着信を告げるメロディを奏でる。この着信パターンは……。

「こんなときに仕事のメールかよ！」

たとえ緊急案件だったとしても今日は行けないぞ、と心に決めながらディスプレイを開く。

『どーも！　キーレン久田です！　今日のメイプル・ホームすごいっす！　店内子猫

だらけで、子猫がご主人様を餌付《えづ》けしちゃう、っつー、これなんていう倒錯的趣向？　こっちがごろにゃ～ん甘えたいっす！　行かなきゃ損ですよっ！』

これは無視することに決めた。

外で待っている人の列が途切れたのは午後五時を過ぎた辺りで、それに合わせてキッチンも普段の落ち着きを取り戻す。

最後に『猫まんま風かき氷』を出したところで、六時間ぶりにようやく待ちオーダーが無くなった。

健二はコップ一杯の水を飲み干すと、口元を手の甲で拭い、ふうと大きく溜め息をつく。膝もがくがくだ。

確かにイベントはうまくいったし、みんなあんなに喜んでくれたわけだから、充実感はある。

けれどこの体力の消耗度合いは半端じゃない。とてもじゃないが月曜日に会社に行って普通に仕事をするなんて無理だ。

よし決めた。月曜日は休む。幸いなことに有休申請先である上司はすぐそばにいるわけだし。

……とそこまで考えたところで、肩を落とす。

ダメだ。彼女も同じように働いているのに自分だけ休むなんていうわけにはいかない。

両手で頬を叩き、気合いを入れ直す。頑張るしかない。

そしてひとまず客席の様子を見るために、キッチンとダイニングを仕切るウェスタンドアの上から顔を覗かせる。

客席はほぼ満席で、数名が店内で待っている程度。その中をネコミミメイドさんたちが忙しそうに走り回っている。

これくらいならばあともう一頑張りすれば休憩に入れそうだ。

そして顔を引っ込めようとした瞬間、客の一人に目が釘付けになった。一番奥の席に座り雑誌を読んでいる男性。ノンフレームの眼鏡をかけ、明らかにブランドものと思われるジャケットを着ている。

まさか……。

なんで、こんなところに……？

心臓が早鐘を打ち始める。

そのとき丁度、キッチンに石峰が近付いてくる。

考えるよりも早く体が先に動き、彼女の腕を掴み中に引っ張り込む。

「きゃっ⁉」

バランスを崩した彼女を抱き留める形になるが、今はそんなことを気にしてはいられない。

「なにをするん……」

驚きに顔をこわばらせた彼女が抗議の声をあげようとするが、

「しーっ！」

自分の唇に人差し指を押し当てる。

そして、彼女の耳元で囁く。

「まずいです。早竹さんがいます。……うちの営業部の早竹さん」

「え？」

彼女の目が大きく見開かれる。それに対して頷き返すと、二人で柱の陰から客席を覗いた。

顔の下半分が手元の雑誌で覆われているが、やはりあれは早竹だ。石峰も確かに確信したようで、顔に焦燥の色が浮かぶ。

「気づかなかったんですか？」

こくり、と頷く。

「直接、お給仕していたらさすがにわかったと思うのですが」

尋常じゃない来客数の多さと忙しさだ。気づかないのも無理はない。

「でも、どうしてこんなところに……」

と、早竹が鞄を持って立ち上がり、伝票を手にレジへと向かう。

いてもたってもいられなくなり、

「俺、ちょっと行ってきます。少しだけここお願いします」

「え……、行くって……？」

エプロンを脱ぎ捨てると、健二は店の裏口から飛び出した。


まだ日差しが強く、風は吹いていなかった。湿気も高く、少し歩いただけでも汗が出てくる。

彼の後をつけながら、確かに自分はなにをするつもりだろうと思った。捕まえて尋問でもするつもりか。

早竹は中央通りに出るとすぐに右に折れ、そのまま大型ゲームセンターの脇を通り過ぎると、高架下にある横断歩道の前で立ち止まった。駅に向かうつもりだ。健二は信号待ちの人々の中に紛れ、ここで声をかけるべきかどうか迷う。やはり不自然に思われるだろうか。そうこうしているうちに、信号が青に変わり、人々の群れが動き出してしまう。

横断歩道を渡りきると、昔ながらの照明器具を売る店が軒を連ねる道を歩いていく。あと少しで駅の入り口だ。

もう迷っている暇はなかった。

早竹が駅構内に足を踏み入れたタイミングで、一気に前に躍り出てその顔を覗き込む。

「あの、早竹さん……？」

一瞬、驚いたような顔を見せるが、

「あ……ああ。梶原くんか、なんだ、驚いたな」

すぐさまいつもの落ち着いた表情に戻る。

「こんなところで会うとは思わなかったな。なに、買い物？」

「まあ、そんなところです。早竹さんもですか」

「うん。ちょっと探しているものがあってね。それにしても、君、手ぶらなんだ？」

言われて気づいた。普通は鞄の一つくらい持っているはずなのだが、慌てて店から飛び出してきたせいでなにも手にしていなかった。

「え、ええ……、これから買いに行くところだったんで」

ああそう、と言われたきりそれ以上は追求されなかった。そして、顎に手を当て、思案顔になった彼の様子に、自分の鼓動が早まっていくのがわかる。

どうしてあの店にいたのか。なんとかしてうまくその理由を聞き出す方法はないものか。

と、早竹が不意に顔を上げて言った。

「あのさ、今、時間あるかな？　ちょっと相談したいことがあるんだ」


連れて行かれたのはインテリジェントビルの二階に入居するコーヒーショップで、二人はガラス張りの壁の前の小さなテーブルに向き合って座った。ガラス越し、眼下には休日の買い物を楽しむ人々の姿が見える。

「秋葉原にはよく来るのかい？」

早竹が訊ねてくる。それは商談前に行われる儀礼的な世間話の口調と同じで、健二は緊張に背筋を伸ばす。

「ええ……まあ。ＰＣのパーツとかを見に。あと、そもそもキーレンさんのデータセンターがここのそばですから、平日でもしょっちゅう来てますよ」

「そういえばそうだったな」

声をかけたのはこちらのはずなのに、いつの間にか相手のペースに乗せられつつある。グラスの中の氷をかき混ぜつつ落ち着くために一口すすったはずが、中身があっという間に半分ほどまで減ってしまう。

「早竹さんも結構来るんですか？」

「僕は仕事以外ではあんまり。――それで本題なんだけど」

早竹がちらりと視線を寄越した後、膝の上に載せた鞄の中からなにかを取り出した。

――デジカメ？

名刺を一回り大きくした程度の薄型モデルだ。

「先日の話の続きなんだけど、君は、石峰真夜について、どう思っている？」

「いや、どうって……。仕事が出来るすごい人だなあ、と」

「上司として尊敬に値する、と？」

「は……い」

細められた目が険しさを増す。

嫌な予感に悪寒が背中を駆け上がる。

「これを見ても？」

差し出されたデジカメの液晶ディスプレイを見て、息を呑む。

そこにはメイド服を着てコーヒーを運んでいるカヨさん――石峰真夜の姿。

――撮られていたのだ！

想定していた中でも最悪の事態に、一瞬にして喉が干上がり、次に言うべき言葉が見つからない。

目の前で次々に画像がスライドされる。笑顔でご主人様を席に案内するカヨさん。ご主人様と談笑するカヨさん。鯛焼きにホイップクリームで絵を描くカヨさん。

「つまりは、そういうことだ」

デジカメをテーブルの上に置いた早竹が背もたれに背中を預けコーヒーをすする。

「これって……、どういうことです？」

「見ての通り、彼女が副業をしている、ということだよ。これは立派な就業規則違反だ。しかもよりによって、こんな水商売まがいのことをしているとはね」

水商売なんかじゃないのに！

否定したい気持ちが頭をもたげるがどうしようもない。

「一つ、聞いてもいいですか？」

「ああ」

「どうして石峰さんが副業をしているってわかったんですか？」

嫌な予感が背中に入り込んだ蟻のようにむずむずと這《は》い上がってきて、

「テレビで見たんだよ」

その一言にああやはりという思いと絶望が入り交じる。

「昼間の主婦向けにやってる『フレンチブランチトーク』って知ってる？　あれでメイド喫茶を取り上げていてね、そこに彼女が映っていたんだ。僕もさすがに信じがたくてね、今日その取り上げられていた店に確認しに来てみたら本当にいたと。そういうことだ」

「へ、へえ……。なるほど。驚きました。けど、そんな昼の番組、よくご覧になっていましたね」

悲鳴をあげたくなる衝動をひたすら抑えつつ、驚くとは言ってもさも他人事のように感じているかのように装う。

「あの番組はキーレン社がスポンサーなんだよ。そして、あの手の情報番組ではCMだけじゃなく、実質的に番組の中にもスポンサーの広告が入れられる。たとえば、キーレン社に関して言えば、ロケ地として同社のショッピングモールが頻繁に使われるとかね。商売の種を探すアカウント《アカ》・マネージャー《マネ》としては、その番組を通じてキーレン社のマーケット戦略を勉強する必要があるというわけさ」

「じゃあ、このことって、他の人も知っているんですか？」

「いや、知っているのはおそらく僕だけだ。他の連中はそこまで勉強熱心じゃないよ」

「それが事実だとして……早竹さんはこれからどうしようというんです？　まさか……」

　それが一番知りたかったことだ。

「うん。我が社のためにも、そして前途ある若手社員である君のためにも、しかるべき手段をとろうと考えている」

「それって、人事に報告するとかですか？」

「いや」

　首を振り、口の端を歪《ゆが》め、

「ただ単に上に事実を伝えても都合の悪いことがもみ消されることは往々にしてある。それに、正直、副業程度じゃ厳重注意が関の山だ。実効力が無い。人事や総務だって、こんなことに時間をとられたくないだろうよ。それに、一応、これは盗撮だ。僕に対してもあまりいい印象を持たれないだろうからね」

声のトーンを一段階落とす。

「つまり、彼女に自主的に身を引いてもらうようにするのが一番だ。ケーイージーへの出向を解き華泉礼商事に戻してもらうよう、彼女自身に願い出てもらえば万事解決だ。——そこでだ、君の協力が欲しい」

「僕、ですか？」

思いも寄らない話の展開に声が上擦る。

「聞けば、君たちの部署ではほとんどのメンバーが石峰真夜のやり方に対して不満を持っているというじゃないか。そして、そんな中でも君は一人だけ彼女に理解を示している。もしそんな君が反旗を翻したとするならば彼女に与えるダメージは相当なものだろう。たとえばそうだな……」

なにかを企むかのように眼鏡の奥の目を細め、

「打ち合わせと称して君が彼女を私がいる部屋に連れてくる。そこでこの画像を突き付け、二人で彼女の罪を糾弾する、なんていうのはどうだろうか」

なにを、なにを言っているんだ。この人は。

拳が自然と握られる。

「そういう話なら僕は……」

「断ります、と言うのはちょっと待って欲しいな。確かに少し卑怯《ひきょう》な方法かもしれない。でも少し考えて欲しい。僕は会社の先輩として君のことを心配に思っているんだよ。正直、彼女に副業以外の罪はない。華泉礼の操り人形としての仕事も忠実にこなしている。ただ彼女は所詮《しょせん》、腰掛けにすぎない。このまま君が彼女に肩入れし続けたとしても、この先、この会社に残る君にとってはなに一ついいことはないと思うけどね」

暗に選択肢は無いぞ、と言っているのだ。

グラスの中、氷の崩れるカランという音がなにかを宣告する。

健二はコップを手に取り、氷が溶けてほとんど水になった中身を飲み干す。途端、むせてしまい、激しく咳《せ》き込む。

「ま、今急いで結論を出す必要はないからさ。来週いっぱいを目途に連絡をくれないかな。迷っているなら相談にのるからさ。もっとも、この前も言った通り、彼女がしでかしてくれたX社の下請け外しの件で、こっちはてんてこ舞いの状況なんだ。昨日はついにキーレン社の専務から直々にクレームが来たくらいだから、時間をとるとしても夜になるかもしれない。その点は勘弁してくれよな」

そう言うと、早竹はデジカメを鞄にしまい席を立ち、最後にこう言った。

「なあに、まあ、あんまり難しく考えることなんてないさ。彼女は将来を嘱望された華泉礼商事の女性総合職だ。こう言っちゃなんだが零細企業勤めの僕らと違って、いくらでも行く場所はある。気にすることはない」

店を出たところで、手を挙げながら秋葉原駅に向かって歩いて行く早竹の背中を呆然と見送る。

一瞬、今からでも彼を追いかけてはっきり拒否の意志を示そうという衝動に駆られるものの、すぐに思い留まる。

断ったところでどうなるというのだ。仮に自分の協力を得られなかったとしても、早竹は別の手段を考えるだけだ。とすると今はひとまず回答を延ばし、その間になにか策を考える以外にない。それが最善の選択だ。

健二はそう自分に言い聞かせながら踵《きびす》を返し、店に向かって歩き出す。

無力な自分が情け無く、そして悔しい。早竹への憤りはいつの間にか自分自身への怒りへと変わり、次第に歩調は速まっていった。

けれど店に戻り、不安げに見上げてくる石峰の顔を見た瞬間、怒りはどこかに行ってしまい、ただただ泣きたいような気持ちに襲われた。

トレイを前に抱え、小声で訊ねてくる。

「どうしたんですか？　顔、真っ青です」

「大丈夫です。それより持ち場を離れてすいませんでした」

顔を伏せたまま彼女の脇をすり抜けキッチンに向かおうとする健二の腕を、小さな両手が引き留める。

驚いて彼女の顔を見返すと、小さな顔が横に振るわれる。

「少し休んでください」

そして半ば強引にスタッフルームに押し込まれてしまう。

すぐに戻ってきますから。そう言って彼女が部屋から出て行くと、健二はそばにあった椅子に座りこむ。途端、全身から力が抜けてしまい、ぐったりと背もたれに寄りかかる。

これからどうすればいいのだろう。自分からは言い出さないが、彼女も早竹のことが気になっているだろう。とすれば、まずは早竹から言われたことをここで彼女に伝え——それでどうなるというのだ？　なにか解決策はあるのか？

と、扉がノックされ再び石峰が部屋に入ってきた。手にはトレイに乗せたカップとふんわりとした湯気を立ちのぼらせるティーポット。

「それは……？」

驚いて問いかけるが、彼女は無言のままカップに紅茶を注ぐ。周りにカモミール特有の青リンゴに似た匂いが広がっていく。

そして目を微かに逸らせながら、カップを健二の方に寄せ、

「どうぞ」

「いいん……ですか？」

こくりと頷く。

カップを手に持ち、一口。口の中いっぱいにちょっとだけ甘酸っぱい味が広がり、こわばっていた顔の筋肉が少しだけほぐれていく。

「美味しいです、これ」

「そう……」

微かに笑みを浮かべる彼女の表情を目にし、少しうれしくなるものの、しかし、すぐに心は暗く沈んでいく。

ダメだ、やっぱりあのことを彼女に言うわけにはいかない。

先日、取引先からの帰り道、駅の改札前で突然、彼女がしゃがみこんだ光景を思い出す。これ以上、精神的な負担を増やしてはいけない。

一口分を舌で転がすように味わった後、ゆっくりと切り出した。

「そういえばあの件ですが」

一瞬、彼女が動きを止める。そしてやや遅れて、

「……ええ」

こくりと頷くのを確認し、続ける。

「大丈夫でしたよ。全く気づいていませんでした。なんでもキーレン社の人に紹介されたらしくて」

「え……？」

「ほら、前に話しませんでしたっけ。常連のヒサダさんがあそこの情シス担当者ってこと。で、ヒサダさんからここのコーヒーチケットを渡されたらしいんです。アカマネとしてここは行っておかないとまずいよなあ、という仕事上の義務感で仕方なく来たんですって。でもって、こんなに混む場所だとは思っていなかったって、早竹さん、すっかり苦り切っていました」

我ながら滅茶苦茶な作り話だと思った。けれど、これで押し通すしかない。彼女の

心配を拭い去れるよう笑いかけてみる。

「そんな感じだったから、メイドさんを観察する余裕なんてとてもなかったんでしょうね」

「そう……なんですか……？」

銀色のトレイを両手で抱えながら、訝しげな、不安そうな顔つきで見上げてくる。

「大丈夫です。心配はいらないです。それに——仮になにかあっても、僕がなんとかしますから」

彼女の目を見てはっきり宣言する。そう、なんとかしなければいけないのだ。

彼女がなぜメイドさんとして働いているのか、その理由は自分にはわからない。機会があったら教えてもらおうとは思っているものの、それはまだ当分先のことだ。

けれど、この前、一つだけミハルに教えてもらったことがある。それは、彼女はメイドになったことで初めて人前で笑うようになった、ということ。つまり、メイドであることは、石峰真夜にとって大切な意味を持つことなのだ。

そしてなによりも、自分にはミハルに平日のカヨさんを守ることを託された責任があるのだ。

カモミールティーを最後の一滴まで飲み干し、カップをテーブルの上に戻す。

「ごちそうさまでした。美味しかったです。さ、もう一仕事しますよ！」

努めて明るい声でそう言うと、エプロンを羽織る。そして健二はもう一度、彼女に向かって頷いてみせると、急いでキッチンへと向かった。

第4章　月下の彼女

六月二十二日　火曜日　月齢：十

炎天下、真新しいアスファルトの照り返しをもろに受けながら歩き始めて十分。建設中であることを示すねずみ色の幕で全体を覆われた目的の建物は、未だに近付いてこない。

土地の広さを活かし、高さを抑え横幅を大きく取った建物。それが来月にオープンする大型商業施設『キーレン・ムーヴつくば』で、今日、健二と石峰はその工事の進捗状況を確認するために現地まで訪れていた。

本当はもう少し早めに石峰をここに案内すべきだったのだが、『カヨさん』を知っている久田と出くわすことを避けるため、彼が地方出張に行く日を探り、ようやく今日になったのだ。

それにしても暑い。額から流れた汗が、顎を伝って地面に落ちる。確か、今朝のニュースで気象予報士が日中の最高気温は八月中旬並になると言っていた。

「石峰さん、ちょっとそこで休みませんか……？」

すぐ先には屋根付きのバス停。駅からここに至るまで初めて現れた日陰だ。ちなみに停留所はあるものの、バスが走り出すのは来週だという。

健二の少し先を歩く石峰がこちらを振り返る。なぜかはわからないが汗一つかいていない。彼女は微かに苦笑しながら、

「約束の時間に間に合うようでしたら、私は別に構いませんが」

木製のベンチの隅に腰掛け、一息つくとどっと全身から汗が噴き出してきた。汗で濡れたワイシャツが肌に張り付いて気持ち悪く、指でつまみながら風を送り込む。

一方で石峰はというと、屋根の下には入っているものの、ベンチには座らずに目的の建物の外観を眺めている。今日の彼女は現場で動きやすいように、ネイビーのシャツにストレートパンツという格好。

「建物全体の進捗状況は悪くないようですね。もっとも問題は中の方、ですか」

「そう、ですね……」

本音を言えば、今日は河原田も一緒に来て欲しかった。そして現場を実際に見ても

らい、サーバーの機種変更によって生じた問題への対処方法を一緒に考えてもらいたかったのだが、他にも案件が立て込んでいる今の状況では無理だろう。つくば案件については健二自身がやるしかない。

＊

メーカー側の発注ミスによって納品不能と伝えられたサーバーについては、健二たちの目論見通り、幕張のＩＴ系展示会に出展される予定の後継機『アプリコット９８００』をそのまま流用するということで調整がついた。

先方も健二から納品遅れに伴う損害賠償条項の適用をちらつかされた以上、諾《うべな》わざるを得なかったのだろう。

それが昨日の午前のこと。

続いて、健二は急いで久田に電話をかけた。機種を変えることについて発注元の了解を取り付けるためだ。

さすがの久田も一瞬驚いた後、

『うーん、僕も個人的には新機種には興味あるんだけど、実際、うちが最初の導入企《ファーストユー》業《ザー》になるとねえ。初期のバグとか色々心配なんだよなあ……』

「ええ、それに関しては、メーカーの方から現行機種からのバージョンアップなので心配しなくていい、と説明を受けていますし、あと、なにかあったときにはケーイージー側できちんと対応しますから」

『うーん』

電話口の向こうの久田が再び唸り声をあげ、

『……とはいえ、それしか解がないということだよね。仕方ないかあ。まあ、梶原さんが担当してくれているわけだし、そこは信頼して任せますよ』

「あ、ありがとうございます！」

顧客の了解をもらった安堵感もあったが、それ以上に自分だから信頼出来る、と言ってもらえたのはＳＥ冥利《みょうり》に尽きる。


そしてあともう一つやっかいな問題が残っていた。

それは設置時の作業が当初考えていたよりややこしい工程になることがわかり、そのためには河原田の協力を得る必要が出てきたということだ。

午後、外出先から戻ってきた彼を捕まえると、席で一通り作業手順書の中身を説明した。

「……で、結局、今ある五百台の端末はとりあえずそのまま使える、ということはわかったんだが、中のソフトウェアはどうなるんだ？　まさかバージョンアップが必要とか言わないよな？」

河原田がボールペンの後ろでこめかみを叩きながら、訝しげに睨んでくる。

正直なところ、先日「好きにしろ」と言われたこともあり、相談に乗ってくれないのではないか、と冷や冷やしていたのだがそれは杞憂に終わったようだ。

「いえ、メーカーの説明によれば拡張機能に対応させるため、ファームウェアは変更する必要が有りますし、一部の設定を追加する必要もあります」

「やっぱりなあ」

深々と溜め息をつかれる。

「おまえ、その端末の設定変更の手間をどう考えてるんだよ。まさか五百台分を全部手動でやる、なんてことは考えてないだろうな。第一、そのスケジュール《線表》とうちのメンバーの稼働表を突き合わせると、作業当日に行ける人員は二人だけ――おまえと石峰さんだけなんだぞ」

「ええ、そこでご相談なんです」

前に乗りだし、相手の目を見据える。

「河原田さん、たしか一年ほど前にネットワーク上の端末に順番にパッチ当てするスクリプトを作りませんでしたっけ？　それをちょっと改造して流用すればいけるんじゃないかな、と……」

「おいおい、俺にやれっていうのか？　俺だってそんなに暇じゃないんだぞ。火を噴きそうな案件は他にも山ほどあるんだ」

「あ、いや！　別にそういうお願いをしているわけじゃないんです。スクリプトさえいただければ、あとはこっちで勝手にやりますので」

河原田は一瞬複雑な表情を浮かべると、ＰＣに向き合いキーボードを叩き、

「……今、スクリプトを圧縮して《固めて》メールで送っておいた。それでなんとかしろ。あと、つくばのＬＡＮは少し特殊だからな。入念にテストしとけよ」

「あ……、ありがとうございます」

思いのほか優しい対応に虚を衝かれつつ、自分のＰＣでメールを受信する。

「梶原さ」

と、再び隣から呼び止められた。

目の前の表情はなぜか苦渋に満ちたもの。

「この前も言ったと思うが、この件については、俺はもう、なにも言わない。なにかあったときに責任をとるのは石峰女史と、そして強引に案件を進めた、おまえだ」

健二は神妙な面持ちで頷く。

「わかって、います……」

そして河原田は視線を床に落とし、まるで自分に言い聞かせるかのようにこう言った。

「確かにさ、彼女の言うことは間違っちゃいない、正論なんだよ。今のケーイージーに不採算プロジェクトを抱えている余裕が無いのも確かだ。出資元の華泉礼が直接人を送り込んでくるほどだからな。だが、今回、彼らは急に舵《かじ》を切りすぎた。乗っている一般船員である俺たちは甲板の上に立っているのもやっとだ。いつ海に落ちるか分からない。こうやって、いつも最後に皺寄せが来るのは現場の俺たちなんだ」

「………」

そして、やや疲れた表情で健二を見上げると、

「なあ、梶原さ。熱心なのはいいが、おまえもそろそろ自分の身は自分で守る、ということを考えろ。そうじゃないと、上にいいように使われて最後は潰されるぞ」

それだけ言うと、この話はおしまいだとばかりに自分の机に向き直り、取引先に電

話をかけ始める。

たしかに河原田が言うことはもっともだった。

しかし、一方で、石峰はそれらをすべて踏まえた上であえて汚れ役を買って出ているのだ。

脳裏にコーヒーショップで目にした華泉礼の書類の字面が思い起こされる。

一瞬、あの内容を河原田に話してしまった方がどんなに楽だろうか、という誘惑に駆られるが、なんとか思い留まる。あれが社内に広まったら最後、蜂の巣をつついたような大騒ぎになることは間違いない。

健二は一人唇を嚙みしめつつ、ＰＣに向き直り、河原田の送ってきたスクリプトの読み込みを始めた。

*

気力を振り絞って、バス停の日陰から飛び出し歩くこと約五分。ようやく目的とする建物のそばまでたどり着く。

そして、人の背丈の三倍はあろうかという工事用の巨大フェンスの切れ目、『工事車両出入口』と書かれたゲート脇に設けられたプレハブの警備員詰め所で訪問先の呼び出しを依頼した後、フェンスが作る日陰の中で相手が来るのを待つ。

立ち止まった途端に体中から一斉に噴き出した汗を、ハンカチで拭う。

大型トラックが数台、彼らの脇をすり抜け、敷地内に入っていった。

「帰りは車で送ってもらいましょうよ。工事の人に頼んで」

と、石峰はそれにはなにも答えずに、建物の方に視線を向ける。健二もつられて顔を向けると、その先、建物の脇から誰かがこちらに向かって来ているのが見えた。

作業用のつなぎを着、頭に黄色いヘルメットを被った男性。迎えの担当者だ。

だがすぐに健二は眉をひそめる。先方はこの猛暑の中を全力で走って来ている。しかも顔を真っ青にして。

そして、担当者は二人の元に到着するなり、挨拶もそこそこに切り出した。

「ちょっ……とまずい……ですよ、ケーイージー……さん！　うちの専務が……さっきから……かんかん、……で！」

もやしみたいに細い体を折り曲げながら肩で息をしつつ言う。相手の顔に見覚えがある。確か久田の後輩だったか。

「なにかあったんですか？」

「いや、それがなんで怒っているのかよくわからなくてですねっ!?」

その声はほとんど泣き声だ。

健二は石峰と思わず顔を見合わせる。

なんでこういうときに限ってうちの営業はいないんだ。内心毒突くが仕方ない。

石峰は先方を安心させるためだろう、相手の目を見て、落ち着いた声で言う。

「大丈夫です。とにかく行きましょう」


黄色いヘルメットを被り、裏手の階段から三階まで上がる。フロア内ではすでに内装工事がはじまっており、あとは商品を搬入すればすぐにでも営業を始められるという状態の区画もいくつか見受けられる。

アパレルゾーンになる予定の一角まで来て、健二はケーイージーが発注した施工業者であるJ社のメンバーが数人いることに気づいた。全員が手持ち無沙汰《ぶさた》な様子で床に座りこんでいる。そのうちの一人が健二に気づき困惑した表情で立ち上がる。二、三回は顔を合わせたことがある統括スタッフだ。

一体彼らはなにをやっているんだ。健二もまた狼狽えてしまう。

「どうかしたんですか？」

「いや、それが……」

彼は首の後ろを黒ずんだ爪で掻きながら眉根を寄せる。

と、

「専務、連れてきました！」

キーレンの担当者の声に振り返ると、健二たちの後ろに大柄の男性が仁王立ちしていた。仕立ての良い生地を使ったスーツに、車での移動が多いことがわかる汚れひとつ無い革靴。

慌てて名刺を差し出そうとする健二を無視し、彼はカウンターに歩み寄ると、天井からぶら下がった配線ケーブルを乱暴に掴み、言い放つ。

「ケーイージーさんね、我々は接客業なんだよ。だからこういういい加減な仕事はやめてくれたまえ」

「え……」

「レジ周りの乱雑な配線はお客様の心象を非常に悪くする。無意識のうちにこの店は汚い、という印象を植え付けてしまい、購買意欲を削ぐことになってしまう。そんなこともわからんのかね！」

憤然たる面持ちで二人を睨み付けてくる。四角張った顔にだらしなく垂れた頬の肉は典型的な狸《たぬき》の置物を連想させたが、相手を威嚇《いかく》する表情はそれなりに迫力がある。

「大変申し訳ございません。こちらの落ち度です。すぐに直させます」

すかさず石峰が頭を下げ、施工業者の現場責任者を呼び寄せ指示を出す。彼は緊張した面持ちで数人の部下を呼び寄せ、レジ周りのレイアウトを動かしつつ、蛇のようにのたくったケーブルの配線を直していく。

確かに、最近のレジは液晶《デジタル》ディスプレイへの広告配信《サイネージ》のほか、各種電子マネー決済システムへの対応など高機能化が進んでいる。そして、それに伴い増え続ける一方の配線をどうするかというのはどこの現場も共通して抱える問題だ。とはいえこれは理不尽なクレームだった。見栄えを整えるのはこの後の工程で、今どうこうする類のものではない。

相手の興奮が収まったタイミングですかさず名刺を交換したが、石峰の方が健二より役職が上であることが分かるや否や、再びあからさまに不機嫌になる。

そしてその田中《たなか》という名前の専務は一人だけ椅子に座ると、低い声で言う。

「今回、ケーイージーさんは計画の途中で別の下請けさん——業者さんに代えたみたいだけどね、全体的に質が悪いね」

「質、ですか？」

石峰が微かに眉をひそめる。

「ああ。なんと言っても作業者の動きが悪い。全員素人っぽいんだよね。手順でも書いた紙なのかな、それをじーっ、と見ながらのろのろやっている。加えて配線とか機器の設置とかも雑。見ているこっちは不安で仕方ないよ。今から前の、その、なんだ？　X社に戻すことは出来ないのかね？」

「お客様にご不信の念を抱かせてしまったことは当社の落ち度です。大変申し訳ありません。ですが、確かに不慣れなところはあるかもしれませんが、当社としては十分に施工能力を持った業者を選定しております。また最終的な施工結果については私を含め、ケーイージーのスタッフが直接確認を行いますのでご安心いただければと思います」

田中専務は不躾《ぶしつけ》に石峰の体を上から下までじろじろ眺めると、最後に、

「ふん……。口だけではなんとでも言えるけどね。とにかく、うちとしてはX社に戻すよう、引き続き御社の営業ルートで申し入れをさせていただくから、そのつもりでいてくれ」

吐き捨てるように言って席を立つと、硬直していた担当者を引き連れて立ち去っていった。

それを見届けた後、健二はすぐさま石峰に頭を下げる。

「すいませんでした。僕の指導不足です。統括スタッフには再度、手順書を徹底的に落とし込みますので」

けれど彼女はなにか他のことを考えている風で、顎に手を当てながら、

「いえ、それは気にしなくていいです。――ただ、一つだけ教えてください」

そう言うと鋭い視線で見上げてくる。

「な、なんでしょう？」

「私たちが施工業者をX社から代えたということについては、梶原さんが先方に伝えていたんですか？」

「いえ、そんな細かいことまでは教えていませんが」

「久田さんには？」

少し考え、答える。

「それも……ないですね。久田さんは基本的にうちのチェックがしっかりしていればどこの業者を使おうと構わない、と言ってましたから」

「――なるほど、わかりました」

彼女は小さく頷くと健二から視線を外す。そして、

「……次に行きましょう」

背を向けながらそう言うと、先に歩き出してしまった。

どういう意味だ？

一瞬、虚を衝かれたものの、彼女が階段を上がっていくのが目に入り、健二も慌ててその後を追った。


予定されていた現場チェックが終わり、Ｊ社の担当者に車で駅前まで送ってもらったときにはすでに午後二時を回っていた。

専務の田中に指摘されたこと以外は概ね問題はなく、心配していたＩＰ対応の多機能電話機についてもそれぞれ予定通りの場所に設置されていることまでは確認出来た。後は本番用のサーバーを運び込み、遠隔《リモート》で設定を変更していけば良い。もっとも、それはオープン直前の突貫作業にならざるを得ず、そのことを考えただけで今から胃が痛くなる。

遅めのランチをとるために、彼女の提案で駅前のイタリアンの店に入る。窓際の席からは開発中の宅地と遠くの山並みまでが一望出来、空には白い雲がぽかりと漂っている。

「いい天気ですね。このまま午後は休みにして、どこか遊びに行きましょうか」

「本気で言っていますか？」

冷たい視線を向けられ、

「じょ、冗談ですよ」

慌てて曖昧《あいまい》に笑い返すと、彼女の顔が少し穏やかになった。

昼間の石峰は相変わらず素っ気ないが、それでも以前と比べると自分に向ける表情はだいぶ柔らかくなった気がする。もっとも週末にお店で見せるものからはほど遠いが。

それはともかくとして。

山並みを見ているうちに、ずっと引っかかっている不安が健二の中で膨らみ始めていく。

早竹のことだ。こんなことをしているうちにも着々と石峰を追い込むための方策を練っているかもしれない。だというのに、今の自分はまだなにも対抗する術を考えついていない。

冗談ではなく、午後はこのまま休みにして早竹への対抗策を考える時間に充てたいる。ほんのり甘い香水の匂いがするくらいだ。

「どうしました？」

気づくと、目の前に石峰の訝しげな顔が迫っていた。ほんのり甘い香水の匂いがする。


「い、いや、なんでも！」

慌てて両手を振りながら仰け反ると、

「もしかして、さっきのこと気にされていますか？」

「え……。さっきのことって？」

「先方の、田中専務から指摘を受けた件です」

「あ、ああ……、そ、そうですね」

あまり気にしてはいなかったが、ここはそういうことにしておこう。

とはいえ、あれはあれでやっかいな問題であることには違いない。X社を下請けから外したことが社内で問題になっていることは散々聞かされていたが、よりによって発注の大元からクレームを受けたのだ。このままにしておくと部門レベルでは片付けられない話になるかもしれない。早竹の対策で手一杯の今、出来ればこれ以上ことが大きくなる前に片付けてしまいたい。

健二は大きく息を吸い込み、恐る恐る切り出す。

「あの、その件で提案なのですが」

「なんでしょう」

「話がややこしくなるようだったら、今から形だけでもX社を入れるよう調整しませんか。J社の下にX社が孫請けとして入るような感じで。もちろん、J社にはお金の面で少し泣いてもらう形にはなりますが」

石峰が両手をテーブルの上に組み、首を横に振り、

「今から商流を変えるのは無理ですね。それにそれでは当初の目的である黒字化は達成出来ません」

細めた目を窓の外に向けると、独り言のように言う。

「あと、この前から少し腑《ふ》に落ちないところがあるのです。キーレン社があえてX社を入れることにこだわる理由がわからないのです。キーレン社にとって直接の発注先はケーイージーです。ケーイージーがどの業者を使おうが、別にキーレン社にとっては関係のない話なのですから」

健二も首を傾げる。

確かに言われてみればそうだ。石峰が言ったことを考えると、あの田中とかいう専

務がX社に執拗《しつよう》にこだわる理由がわからない。

「そういえば、この件については以前から、早竹さんが困ったことをしてくれた、と言っていましたよね。後処理で大変だ、とも」

と、石峰がふとなにかに気づいたかように目を大きく見開いた。

そしてすぐに険しい顔つきになった後、視線を落としぽつりと呟く。

「まさか……」

「……え？」

そのとき、店員が料理を運んできた。

「お待たせいたしました。スモークチキンの冷製パスタ、アドリア海のフレッシュトマトソースです」

二人の目の前に並べられた皿から立ちのぼった香辛料の香りが、健二の空腹を刺激し盛大な音を鳴らす。

「す、すいません」

肩を竦め顔を赤くする健二を前に、彼女は口元に微かな笑みを浮かべ、

「──折角のランチにお仕事の話はよくないですね。冷めないうちにいただきましょうか」

そう言うと、フォークを手に取り、パスタを小さな口に運ぶ。

健二も半ば上の空でフォークにパスタを絡ませながら、頭の中はX社の件で占められていた。

……まさか。

フォークを持つ手が止まった。

もともとX社を使うようにSE部に言ってきたのは営業部の早竹だ。

もし彼らが、X社を入れることでキーレン社の発注に関する意志決定権を持つ田中専務が得するようなスキームを考え、それでこの案件を受注していたとしたら……。

――リベート！

その単語に思い至り、健二は身震いする。

リベートとは発注者からの支払代金の一部が、謝礼金として発注者に戻されることだ。個人に対するリベートを条件に案件の発注が行われることが多いことから、俗に賄賂《わいろ》とも言われる。

もちろん、金銭の受け渡しが伴うものだから、余程慎重にやらなければ会計監査の段階で簡単に露見してしまう。それゆえ金銭のやりとりには一旦別の企業を介在させるなど、手の込んだ方法がとられることが多い。

その仕組みの中にX社が組み込まれていたとしたら。

「梶原さん？」

彼女が怪訝な顔で、食べる手を止めたままの健二を見ていたが、彼に答える余裕は無い。

一筋の光明を見いだしたような気がした。

もしかすると、彼女を守れる術が見つかったかもしれないのだ。

あとは仮説を立証するための証拠を集めれば良い。

具体的になにを調べればいいかはまだわからないが、とにかく今は一刻も早く社に戻って行動に移したい。

いても立ってもいられなくなった健二は目の前のパスタを勢いよく片付け始めた。

六月二十五日　金曜日　月齢：十三

「さて。今日はこれから良い報告が聞けると思っていいのかな？」

幹部会議室の革張りの椅子に座った早竹は、重厚なテーブルの上で手を組み、微かな笑みを浮かべている。相手を下に見る露骨な表情に、微かな嫌悪感を抱くと同時に若干の後悔の念を覚える。だが、ここまできたらもう引き返せない。握った拳が汗ばんでくる。

昨日、話がしたいとメールを送った健二に対して、早竹が打ち合わせ場所に指定してきたのがこの部屋だった。

「いえ、あの件についてはまだもう少しお時間をください。今日お話ししたいのは『キーレン・ムーヴつくば』の工事についてです」

「ほう」

片方の眉が僅かに吊り上がる。

「三日前、つまり今週の火曜日に、僕と石峰さんとで現場確認に行ってきました。その際、先方の田中専務からお叱りをいただいたんです。委託業者の作業品質が悪く、大変不満だ、ケーイージーはなぜ業者を代えるようなことをしたのか、と」

「なるほどね。ほら、言ったとおりだろう？」

「ええ。ただ……」

膝の上で両拳を強く強く握りしめ、早竹の目を真正面から見据える。ここからが肝心だ。

「そのとき一つ気になったことがあります。どうして先方が、委託業者をX社からJ社に代えたことを知っていたのか、ということです。その上、今からX社に戻せないか、とも言われました。変な話ですよね。そこまでしてX社をひいきにする理由が僕にはわからないんです」

早竹の顔から一瞬にして笑みが消える。

相手が黙っていたのはせいぜい十秒ほどだったが、健二が耐えきれずに目線を逸らすには十分な時間だ。

早竹は声の調子を変えず、ただ淡々と言う。

「営業の現場ではよくあることだ。以前から田中専務は内々にX社がいい、というご希望を我々に伝えてきていた。だから我々営業部としてはその通りにしたまでのこと。それを石峰真夜が『営業の機微』といったものを考慮せず、独断で代えてしまったわけだ。先方が怒るのは当然のことだと思うけどね」

からからになった喉を振り絞る。

「なるほど。とすると、早竹さんはただ、言われるがままにX社を選んだと」

「なにが言いたいのかな？」

「色々と僕の方で調べました。元々、X社が要求していた委託費用は他社とは比較にならないほどの高さでした。一方で信用調査の結果によると、X社の主要取引先にはY社があり、そこは偶然にも田中専務の親族が経営する会社とのことです。――とすると、考えなければいけません。キーレン社から出た資金の一部が、ケーイージーとX社、そしてY社を経由し、最終的に田中専務に渡っていた可能性を。いえ、早竹さんはそもそもそれをすべて知った上で、お膳立てしていた可能性もありますよね」

それだけ言うと、信用調査機関のレポートを早竹に向けながらテーブルの上にそっと置く。

しかし、相手はそれを一瞥しただけで、口の端を歪め、やれやれとばかりに両の掌を上に向けて掲げてみせる。

「とんだ大馬鹿者だなあ、君は。正直言って、失望したよ。すべては推測の域を出ない話じゃないか。それを裏付ける証拠は一体どこにある？」

相手の目をしっかり見据え、語気を強める。

「ありません。一方でそれを否定する根拠もどこにもないんですよ。ただ、状況的に早竹さんが疑いをかけられても仕方ない、というだけです」

こちらの意図をようやく察したのだろう。彼の表情が苦り切ったものに変わる。

「そろそろ分別がついた頃合の入社五年目とは思えない思考だな。君は正義の味方ぶって、コンプライアンスホットラインにでも内部告発するつもりかな？　告発をした人間がどうなるかくらい、わかっているだろう？」

口調こそ冷静だが、彼が怒っていることは全身の雰囲気から伝わってきた。

膝が震え、背中を冷たい汗が流れる。すいません、今のは全部嘘です、忘れてください。そう言って今すぐ部屋から飛び出したい衝動に襲われる。

だけど、それはだめだ。言わなければ。

と、その瞬間、なぜだかわからないが、脳裏にメイド姿のカヨさんの姿が思い浮かんだ。

ふっ、と力が抜け、続いて出た声は不思議と自分でもびっくりするほど落ち着いたものでで。

「ええと、すいません。内部告発とか、そんな勇気は僕には無いです。でも僕は結構そそっかしい人間なので、根も葉もない自分の思い込みを書いたメールを間違ってオールメールで流しちゃったりするようなドジを踏むことも多いんですよ。中には監査室の人が入っていることもあるかもしれません」

そこで一呼吸し、

「早竹さん、僕だっておおごとにしたくないんです。ですから、……取引しませんか？」

「取引？」

「そうです。僕がこの件について口外しない代わりに、早竹さんも石峰さんの副業について知らなかった、そういうことにしていただきたいんです。僕は石峰さんを上司として尊敬しています。だから、彼女を追い出すなどというお話に賛同することは出来ません」

　メイド喫茶でのアルバイトと、金銭的損害を伴う会社への背任行為。どちらの方が罪が重いか。

　明らかに早竹にとって分の良い取引だった。それで手打ちになるはずだった。

「無理だな」

「え……？」

　哀れむような目が健二に向けられる。

「君がそこまで愚かだとは思わなかった。君は……ああそうか、考えてみれば一般社員が知っているわけがないよな。七月一日付の定期人事で総務部の監査室長が変わるんだ。次の室長は——早竹敬三《けいぞう》。僕の親父だよ」

　ハッ、と息を呑む。

「ああ、しかしまさか君がそこまで彼女に取り込まれていたとはなあ。うかつだったよ。やっぱり回りくどいやり方をしようとしたのがいけなかった。彼女の件は直接、人事に出すべきだったかもしれない。そうすればこんな無駄な時間を費やすこともなかった」

「それだけは……あの……」

声はかすれ、みっともないほどに狼狽えている。

「ま、それはそれで色々面倒だしな。証拠が盗撮まがいの写真だけじゃ、上もいい顔はしないだろう。やり方はまた考えるさ」

話は終わりだとばかりに席を立ち上がり、会議室を出て行く。健二もまた慌てて立ち上がり、彼を追いかける。

「待ってください！」

震える手で胸ポケットから最後の武器を取り出す。

鈍く銀色に光る直方形の物体。ICレコーダー。今の会話を録音したものだ。

しかし、早竹は足を止めずにそれを一瞥し、

「なるほど、あくまで君はそういう態度をとるか」

独り言のように呟き、エレベーターに乗り込んでしまった。

扉が閉まり、階数の電光表示が上の階へと上がっていく。

周りの怪訝な視線を気にする余裕などなく、健二はただその場に立ち尽くすしかなかった。

*

時刻は既に二十三時をまわり、休憩室《リフレッシュルーム》の照明は半分以下に落とされていた。部屋の中には健二の他には誰もおらず、自動販売機が発する低い音だけが響いてくる。自販機で瓶《びん》入りのビタミン飲料を買って廊下に出ると、前方から誰かがやって来るのが見えた。

河原田だ。右手に大きな鞄を提げている。

「お疲れ様です。お帰りですか？」

相手が目の前で立ち止まり、露骨に顔をしかめる。

「馬鹿。これから客先だよ。夜間切り替え工事」

しかしこちらを睨み付ける目の下にははっきりクマが出来ており、声にもどことなく張りがない。

「す、すいません……」

「別にいいけどさ」

半ば溜め息混じりに言うと、

「で……、おまえもまだ終わらないの？」

「はい。さっきようやく、メーカーから手順書が送られてきたんで。今、そのチェックをしています。その後、石峰さんとレビューに入ります」

「そうか……」

なにかを考えるように目線を床に落とす。そして、数秒の沈黙の後、不意に顔を上げると、

「以前、俺はこの件についてはもうなにも言わないと言ったけどな。……本当に大丈夫なのか？　おまえ、最近、顔色が悪いぞ。今日は特にだ」

「あ……、そう、ですか？」

自覚は、もちろんある。でもその原因の半分くらいは早竹にまつわる件だ。

無意識のうちに瓶を握りしめると、河原田の顔を見ながら一言一言を区切ってはっきり伝える。

「僕は……、石峰さんの思いを大事にしたいんです。僕らが思っている以上に、石峰

さんは僕らのことを考えてくれていると思うんです。だからその気持ちに少しでも応えたいんです」

一瞬、河原田が奇妙な表情を見せるものの、すぐさま元の疲れた顔に戻り、

「あまり無理すんなよ」

そう言いながら健二の肩を軽く叩くと、エレベーターホールへと向かって行った。

健二はしばらくその場で彼を見送った後、首を二、三回横に振り、自席へと戻る。


一人の男性社員が生あくびを噛み殺しながら部屋を出て行く。それと同時に残りの照明が五分の一になる。

壁に掛けられた時計の針は、間もなく次の日が来ることを告げようとしている。

静まり返った部屋の隅、パーティションで区切られた一角では未だに石峰と健二が打ち合わせを続けていた。

幕張から運び込む新型サーバーの設置手順書についての確認だ。健二による追記が終わり、今は二人でのレビューを行っている。

「――ここでもう一度 reboot すれば設定が反映されるわけですね。……あの梶原さ

ん、聞いてます？」

顔を上げると、打ち合わせ卓を挟んで真正面に座った石峰真夜が気遣わしげな顔つきでこちらを見ていた。

「え……、あ、すいません」

慌てて手元の資料を繰り、彼女が今、説明していただろうページを開く。

と、いきなり彼女の右手がすっ、と伸びてきて、健二の額に触れた。

「熱は無いようですね」

口をパクパク開閉させるだけでなにも言うことが出来ない彼に、柔らかく微笑んで見せ、

「疲れが溜まっているのかもしれませんね。ここのところ残業続きでしたから」

「いえ、そういうことじゃ……」

彼女は首を横に振り、

「一通り内容のチェックは終わりましたから、メーカーへのフィードバックは私からしておきます。今日はもうあがって結構ですよ」

立ち上がり、手元の書類を片付けはじめる。

そういうことじゃないんです！

思わず叫びそうになる。

頭の中は早竹の企みをどうやって止めればいいのか、そのことでいっぱいだ。しかも自分の安易な行動で事態はより悪い方向へ向かっている。

いっそのこと洗いざらいしゃべってしまった方がどんなにか楽かもしれない。けれどその話を知ったとき、彼女は一体どんな行動に出るのだろうか。

だめだ。

彼女が最悪の選択をする可能性を考えると、とても行動に移す気にはなれない。

「梶原さん」

いつの間にか彼女は窓のそばに立ち、ガラスに手をついて夜闇《よやみ》に沈む街を眺めていた。室内の光景を反射させるガラスに彼女の麗しげな瞳が映り込んでいる。

「私、この前から梶原さんにはお礼を言わないといけないな、とずっと思っていました」

「え……？」

「正直に言いますと、ここに来る前は本当に不安でした。うまくこの会社でやっていけるだろうか、そしてメイド喫茶のお仕事を続けることは出来るだろうか、って。でも、蓋《ふた》を開けてみたらその両方が今まで以上にうまくいっています」

ふっ、と笑みを浮かべると、窓を背にこちらを振り返り、

「これもすべて梶原さんがサポートしてくださったからです。梶原さんがいなかったらうまくいっていなかったと思います。本当にありがとうございます」

そう言って、深々と頭を下げる。

「や、やめてくださいよ！　僕はなにもやっていませんって。それにメイプル・ホームの仕事なんて、手を煩わせてばかりじゃないですか」

そして、そればかりか、会社においても彼女の窮地を救う術を見つけられず右往左往している！

と。

「いいえ、そんなことは絶対にありません」

思いのほか大きな声に健二は固まった。

「先週の『ネコミミday』だって、梶原さんの発案があったから成功させることが出来たんです」

水気を帯びたような彼女の瞳。微かに震える朱色に染まった唇。

彼女と目線が合い、そして離れない。

自分の脈が速くなっていくのがわかる。

誰もいないオフィス。

そこで自分は彼女と二人きりで向き合っていて。

喉がごくりと鳴る。


丁度そのとき電話が鳴った。

健二は弾かれるようにして石峰から離れると、半ば逃げるようにして電話のもとへ走る。

「──はい、石峰ですか？　少々お待ちください」

保留にして、後ろを振り返る。

「華泉礼の藤田《ふじた》さんからお電話です」

「わかりました」

彼女は自分のデスクに向かい、受話器に手を伸ばしかけたところで、ふと思い出したように顔を上げる。

「梶原さん、今日はもうあがってください。私はもう少し仕事がありますので」

壁の時計を見ると、二十三時半を回ったところ。

「石峰さんは？　なにか手伝うことがあれば言っていただければ」

微笑を浮かべつつ首を横に振り、

「いいえ、私は大丈夫です」

受話器を上げ、先方と話し始める。

ジャケットを羽織り、鞄を抱える。最後にパソコンの電源が落ちるのを確認すると、石峰を見た。

電話は未だに続いている。

「お先に失礼します」

石峰が顔を上げ、微かに笑みを浮かべ視線を合わせてくる。

一瞬にして自分の顔が赤くなるのがわかる。慌てて手を振り返すとそのまま背を向け、半ば飛び出すようにしてオフィスを出た。


風が公園の散策路を吹き抜けていく。それに合わせて青々とした樹木がさわさわ音を立てて揺れる。林の向こう側、道路を通る車の音に混じって、遠くから電車が走る音が聞こえてくる。

風に晒されるうちに火照った体が段々と冷えてくる。それと同時に帰り際に一瞬高揚した気持ちもまた沈んでくるのがわかる。

彼女は自分に感謝している、と言ってくれた。

だからといって、彼女のそばにいつ爆発するかわからない爆弾が置かれている状況に変わりはない。その上、唯一、その爆弾の存在を知っているはずの自分は未だにそれを取り除く有効な手立てを見いだせていない。ケーイージー内部の派閥争いに彼女を巻き込んだままなのだ。

それなのに彼女にお礼を言われるのは筋が違う。

不意に、少しはにかんだ彼女の顔が浮かんだ。いつもは澄ました顔をしていて、でも、時に優しげで、時に儚げな表情をする彼女。

足を止め、顔を上げて大きく深呼吸する。

葉っぱの隙間、南の空にほぼまん丸の月が覗いている。

——平日のカヨさんを、守ってくださいね。

ミハルの声が思い起こされる。

確かに自分が、頑張らなくちゃいけないんだよな……。

なにか別の手段を考えなければいけない。どうにかして彼女を守らなければいけない。

拳が知らず知らずのうちに強く握られていく。


そのとき。

ブルン、という大きなバイクの排気音が聞こえた。

外の道路からにしては大きすぎる音。公園内の散策路、真後ろからだ。

なんでこんなところにバイクが入ってきているんだ？

立ち止まって後ろを振り向くと、木立の向こう側に強烈な光を放つ丸いヘッドライトが浮かび上がっていた。眩しさに思わず目を手で覆う。

やがてエンジンがふかされる音とともに、ヘッドライトがゆっくり健二に向かって近付いてくる。

暴走族の類だろうか。だとするとこんなところで遭いたくはない。

健二は再び前を向き、なるべくはやく大通りに出るべく足を速める。脈が速くなり、喉が干上がるのがわかる。

だが、その直後エンジン音が一段と大きくなり、背後のバイクのスピードが上がった。ライトに照らされた前方が明るくなり、木立の中に健二の長い影が落ちる。

慌てて後ろを振り返るとバイクがすぐそばまで迫って来ていた。

その光景に一瞬にして背中が粟立つ。

フルフェイスヘルメット姿のライダー、その右手には長い棒のようなもの。

エンジン音とともにスピードが一段と上がり、棒が健二目掛けて高く振り上げられる。光に照らされ鈍い光を放つそれは鉄パイプだ。

「わあっ⁉」

すんでの所で横に転がって避ける。鞄が手から離れ、地面に落ちると同時に中身が地面にぶちまけられる。

右腕に痛みを感じて目線をやると、シャツが破れうっすらと血が滲んでいる。散策路脇の樹木から飛び出した枝が切り裂いたらしい。

だが痛がっている余裕は無い。

バイクは前方でターンをし、再びこちらに向かって突き進んで来る。

健二はたたらを踏みながら散策路脇の緑地帯の中に飛び込み一目算に駆け出すが、バイクもまたお構い無しに乗り入れてくる。

だめだ、追いつかれる！

そう思うのと同時に脇腹に激しい痛みを感じる。

視界が激しく上にぶれ、木々の葉が上から下へと流れる。後頭部と背中を地面に激しく打ち付け、一瞬息が止まる。

涙で滲んだ視界の隅、アイドリング状態のバイクから降りた人影がこちらに近付いてくる。フルフェイスヘルメットの中の顔はわからない。

直後、

「ぐあっ⁉」

勢いよく腹部を踏み付けられた。

そして、ヒュッという風を切る音と共に、目の前に鉄パイプが突き付けられる。

「これはケイコクだ」

――警告？

朦朧《もうろう》とした頭が、辛うじて聞き取った声を漢字に変換する。

一体なにについて？

「警告に従わなければ……」

鉄パイプが頭上に掲げられたそのとき――

「か……、梶原さんっ⁉」

遠く聞き覚えのある声が聞こえた。続いて、こちらを目指して駆けてくる足音。

チッ。

舌打ちとともにフルフェイスの人影は鉄パイプを草むらの中に放り込むと、止めてあったバイクに跨《またが》り、盛大な排気音をまき散らしながら走り去って行ってしまう。

「一体なにがあったんですか⁉　しっかりしてください！」

彼女の小さな両手が健二の体を抱き起こす。視界いっぱいに広がった顔は驚きに紅潮し、唇は小刻みに震えている。彼女の息が微かに顔にかかる。

「石……峰さん、どうして……、ここに………？」

辛うじて声を絞り出す。

「どうしてっ……て、梶原さん、携帯、デスクの上に忘れていて、それを持って追いかけてきたら、公園の中でバイクの音がして、道に梶原さんの荷物が散乱していて……。と、とにかく……、今、救急車を呼びますから……って、え？」

震える手で携帯を取り出す彼女の腕を摑み引き留め、首を横に振った。

駄目だ、ここで話が変に大きくなってしまったら、すべてが明らかになってしまう。もちろん、彼女がメイド喫茶で働いていることも、なにもかも。

そしてかすれる声で、必死に言葉を紡いだ。

「駄目……です……時間がありません……。今すぐ……お話ししたいことがあるんです。会社以外の、どこかで……」

彼女の目をまっすぐに見つめる。大きな黒目が宝石のように透き通る。

やがて彼女は震える唇を嚙みしめ、こくりと頷いた。

六月二十六日　土曜日　月齢：十四

メイプル・ホームに到着したときには、既に横に並べられたソファで簡単なベッドがしつらえられており、健二はその上に寝かしつけられた。ワイシャツを脱ぎ、Tシャツ一枚になるように言われるとさすがにちょっと気恥ずかしい。

「染みますけれど、ちょっと我慢してくださいね？」

転んだときに出来た肘の擦り傷についた泥が拭われ、その上に消毒液を含んだ脱脂綿がポンポンと押し付けられる。

「他に怪我しているところはありませんか？」

「もう大丈夫です」

心配そうな目を向ける石峰。

「本当に？」

「ええ。……痛っ⁉」

起き上がろうとした途端、脇腹に針をさすような鋭い痛みが走り、思わず押さえてしまう。金属棒で殴られた場所だ。

「ほら、もう！」

石峰は有無を言わさずにシャツを捲り上げると、目を吊り上げ、

「こんなにあちこち青くなっているじゃないですか！」

救急箱から取り出した湿布を、メディカルテープで次々に青痣《あおあざ》の上に固定していく。

ひやりとした感触とくすぐるような石峰の指の動きに思わず笑いそうになるが必死にこらえる。

「はい、これでおしまいです」

「ありがとうございます」

「まったく。かじくんもあんまり心配させるようなことをしちゃダメだよ？　カヨさんから電話をもらったときには本当、びっくりしたんだから」

ミハルが腰に手を当てて睨み付けてくる。

「ミハルもメイド歴は長いけれど、血まみれのご主人様をお迎えしたのは今回が初めてだよ？」

「迷惑かけてすいません」

とりなすように石峰が言う。

「無事だったんだからよしとしましょうよ」


公園で襲われた直後、会社以外のどこかで話がしたいと言った健二に対し、メイプル・ホームに行くことを決めたのは石峰だった。通りかかったタクシーを捕まえ、呻き続ける健二を後部座席に押し込むと、怪訝な顔をするドライバーに秋葉原へ行くように告げたのだ。確かにここなら安全には違いない。

「けど……、夜道で突然背後から襲われるなんていうサスペンスドラマばりの状況に巻き込まれておきながら、救急車も警察も呼ばないでくれ、なんてやっぱり怪しいよ。かじくん、どういうことか説明してくれるよね？」

ミハルの口調が段々責めるようなものに変わってきたのは、ひとえに石峰のことが心配だからだろう。

「梶原さん、是非教えていただけませんか。そして私に出来ることがあればなんでも言ってください」

真剣な瞳に見つめられ、健二は自分の無力を苛《さいな》む。石峰には隠し通した上で、自分で解決すると決めたのに、結局それは果たせなかった。

けれど、一線は越えてしまったのだ。

この先、相手がどう出てくるのかわからない以上、このまま黙っているわけにもいかない。

ソファの上に座り直し、膝の上で両方の拳を固く握りしめ、

「営業部の早竹チーフが……」

顔を上げて石峰の顔を真正面から見る。

「ここで石峰さんが働いていることに気づきました。鮮明な証拠写真も撮られています」

「えっ……」

「……」

二人の表情が固まる。

「先週の例のテレビ番組がきっかけで、『ネコミミday』の二日目、日曜日に直接店に隠し撮りをしに来ていたんです。そればかりじゃなく、そのとき彼は僕を誘ってき

たんです。この写真を使って一緒に石峰さんを追い出さないか、って」

ミハルの顔がみるみるうちに真っ赤になる。

「なんてえげつないことを！　当然、手は打ったんだよね？」

「ええ。そこで僕は早竹と取引することを考えました。彼を呼び出し、キーレン社案件で早竹がお膳立《ぜんだ》てしたリベートの件を持ち出したんです。こちらが社内で告発しない代わりに、そっちも口外するな、と」

石峰が息を呑むのがわかった。健二は早竹との一連のやりとりを簡単に説明する。

「ですが、結局、交渉は決裂しました。それが今日の夕方のことです」

「じゃあ……、かじくんを襲ったのはその早竹とかいう奴の差し金ってこと？」

「はい、たぶんそうだと思います。そいつは『警告だ』と言っていましたから。にしても……、自分の勤め先でこんな目に遭うとは正直思いませんでした」

いつの間にか石峰が顔を伏せ、前髪が表情を隠してしまっていた。

やはり、怒っているのだろう。

もちろん、健二に対して。

当然だ。あの日、早竹が店に訪れたとき、心配する彼女に自分は嘘をついた。自分だけで解決出来ると自惚《うぬぼ》れて。その結果がこれだ。

あまりにも情け無く、そしてあまりにも惨めだ。

健二は立ち上がり、石峰の前で深々と頭を下げる。

「本当に申し訳ありませんでした」

だけど。

顔を上げた彼女の瞳に微かに光るものが見えた。そして、ふるふると首を横に振り、

「謝らなければいけないのは……私の方です。本当は自分で気づいて自分で解決しなければいけなかったことです。そうすれば、梶原さんがこんな目に遭うことは無かった……」

今度は健二の方が狼狽える番だった。

「そ、それは……違うと思います。そもそも上司をサポートするのは部下の役目なんです。僕のやり方が悪かっただけで」

「ですが、部下を守れなかったのは上司である私の責任です」

健二はなにも言えず、そのまま黙り込んでしまう。

空調の低く唸る音が部屋の中に満ちている。上の方から階上の人が動き回る音が聞こえてくる。

重苦しい沈黙を破ったのはミハルだった。

「でもさ、かじくんの話を聞いていると、もっとちゃんとした証拠を見つけて相手に突き付けられればいいだけのような気もする。証拠が無かったから相手に強く出られたんじゃないの？」

「証拠を見つけるって言ったたって、どうするんですか？　それにたとえ証拠を見つけても、社内監査がグルだったら握り潰されるのがオチですよ」

「うーん」

と、思案顔になった石峰が顎に手をやり、呟いた。

「決定的で、かつ、うちの監査室が決して無視することが出来ない証拠を用意出来ればいいわけですよね？」

「たしかにそうですけれど」

「とすれば社外の証拠を見つければ良いわけです。たとえば、キーレン社の内部から、不正の事実を裏付けるものが出てくれれば」

「でも、僕らが他社の内部情報を摑むことなんて。って、あ……」

彼女はこくりと頷く。

「一人心当たりがいます」

まさか、そんなこと……！

「ミハルちゃん、メイプル会員のご主人様名簿はすぐ出せる?」

「はい!」

スタッフルームに走ろうとするミハルを慌てて止め、

「ちょ、ちょっと、待ってください! そんないくらなんでも無茶ですよ! 向こうはカヨさんがケーイージーの人間だってことは知らないんですよ。他の方法を考えましょうよ!」

けれど、石峰はゆっくり首を横に振り、大きな瞳で健二を見つめ、

「はい、確かに無茶だと思います。リスクが大きい方法だということも認識しています。ですが、梶原さんを襲った相手がこれで引き下がるとは思えません。これ以上、なにかされる前に、一刻も早くこちらから手を打つ必要があります」

「でも、それでカヨさんのことを知られるわけには……」

「私のことはもういいのです」

「……え?」

石峰が微かに目を伏せる。長い睫毛がふるりと揺れる。

僅かな沈黙ののち、はっきりと言った。

「梶原さん。こう見えても、私、今、結構怒っているんですよ? 私、絶対に許せな

いんです。自分の身を守るためだけに、こんな卑怯な手で梶原さんを傷付けた人のことを」

その表情に健二は息を呑む。

「これ以上梶原さんを傷付けさせません」

意志の強い瞳、横に引き結んだ唇、そして固く握りしめられた拳。

怒りを露にした彼女のその顔を前に、健二はなにも言うことが出来なくなる。

「カヨさん、見つけました。これです！」

ミハルから名簿を受け取ると、一度大きく吸い込み、スピーカーモードにしたカウンター脇の電話をダイヤル。

呼び出し音が鳴る。二回、三回、四回……。

頼む。このまま出ないでくれ。

六回、七回、八回……。

けれど、願いはむなしく、十回目、

『もしもし？』

聞き覚えのあるのんびりした声が聞こえた。

久田だ。

「ヒサダさんですか？　メイプル・ホームのカヨです。夜分遅くに申し訳ありません」

『カ、カヨさん!?　なにかあったの？』

電話の向こう側で、なにか物が落ちる派手な音がした。

「ヒサダさんにお願いしたいことがあって、お電話をしました。力を貸していただきたいんです」

*

午前一時過ぎ。呼び出されてキーレングループ本社夜間通用口前にいた久田は、あんぐり口を開けたまま硬直してしまった。

目の前に止まったのは真っ赤なフェラーリ。そこから降りてきたのは、二人のメイドに加え、体中傷だらけの取引先の人間。

その上、メイドの口から出た突飛な依頼内容に面喰《めんく》らってしまう。

「ちょっ、ちょっと待ってください……、いくらカヨさんのお願いでも、そんなの無理ですよ！　僕にもさすがに立場ってものが……」

「ヒサダさん、お願いです。これはヒサダさんにしか出来ないことなんです」

石峰が頭を下げる。

「う、参ったなあ。そんなこと言われても……」

眉を寄せたまま、ちらり、と健二に目をやり、

「それにどうして梶原さんのためにそこまでするんです？　それがいまいち納得出来ないんです」

「メイプル・ホームはすべてのご主人様を大事に思っています。暴漢に襲われ、傷だらけで助けを求めに来たご主人様を放っておくなんて出来ません」

「え……、うん、それは、そうだけど、カヨさんは優しいから、すごくわかるけど……、でも……」

と、痺れを切らしたミハルが久田の臑《すね》を蹴飛ばした。

「ええい！　ぐちゃぐちゃうるさいよっ！　これはミハルが決めたこと！　やってくれなかったら、二度とお給仕してあげないから。ううん、二度とうちの敷居も跨がせない！」

「ひぃいっ⁉　そ、それだけは勘弁して！　い、一生のお願い！」

「じゃあ、文句言わないでさっさとやる！」

膳をさすりさすり、今にも泣きそうな顔で石峰を見上げる。

「わ……、わかりました。やります。でも、あの……。一つ条件を出してもいいですか……？」

「なんでしょう？」

久田が、ごくり、と唾《つば》を飲み込む。

「に……握らせてください……」

「はい？」

「カ、カヨさんの……手！　すべすべしてて気持ちよさそうだなって。ずっと思ってたんです。いつかさわれたらなあって。でも、お店の中ではそういうの禁止だし」

次第にうっとりとした表情に変わっていく久田に、その場の空気が固まる。

ややあって、こくり、と頷く石峰。

「わかりました」

じゃあ、と伸びてきたその手をミハルが払いのける。

「ちゃんとミッションをこなしてからね！」

解錠された鉄扉から建物内に入り、廊下を進んで行く。照明の落とされた深夜の建物の中はしんとしていて人の気配が全くしない。毎日必ず、納期に追われ夜明かししている部署があるケーイージーとは大違いだ。

階段まで来たところで、健二は後ろを歩いている石峰を振り向き、ずっと気になっていたことを小声で訊ねる。

「それにしても、石み……カヨさん、なんでわざわざメイド服なんかに着替えたんです？」

彼女はくすり、と笑い、

「ヒサダさんには『メイドのカヨ』としてお願いしているわけですから。それに……」

そして胸のリボンに手を当てながらこう言った。

「大切な『ご主人様』をお守りするのも、『メイド』の役目ですから」

廊下の一番端、機密情報を扱う部屋であることを示すオレンジ色のシールが張られた扉の前で四人は立ち止まる。

振り返った久田の眉間には皺が寄っており、

「本当はここ、関係者以外の立ち入りは厳禁なんですが……」

ミハルの鋭い眼差しが向けられ、慌ててカードキーで解錠する。

「監視カメラの映像はあとで消しておくこと」

「はい……」

明かりが点され、マンションのワンルーム程度のスペースの中に壁際に押しつけられるようにして並ぶ十数台のマシンが露になる。ファンの回転する高音が部屋中に反響し、耳に障る。

そのうちの一台に久田がログインIDとパスワードを入力すると、黒い画面の下から上に向かって白い文字列が勢いよく流れる。ややあってスクロールが止まり、画面の左上でカーソルが点滅を始め、入力待機状態になる。

「僕が出来るのはここまでですから」

後は好きにしてください、とばかりに両手が天井に掲げられる。

健二は石峰と頷き合うと、モニターの前に座りキーボードの上に両手を置く。緊張のあまり震えが止まらない。目の前にあるのはキーレン社全社員のメール送受信ログが記録されたサーバーだ。ここから全部署の取引先情報はもちろんのこと、経営上の極秘事項まですべてがわかってしまう。

当然、外部の人間である健二が決して目にしてはならないものであり、歴とした犯罪だ。

それでも覚悟を決めて、恐る恐るコマンドを打ち込む。

普段ならあり得ないようなタイプミスを何回か犯しながら、目的の情報が収められているディレクトリへと一つ一つ、移動していく。

モニターには今にも泣き出しそうな久田の顔と、その後ろから久田に不審がられないように注意を払いつつ、画面を横目で覗き込んでいる石峰の顔が写っている。

健二もまた、自分の顔が緊張に引きつっているのがわかる。

そして。

「これが田中専務のログですか？」

「……はい」

ミハルに腹をつねられた久田がしぶしぶ答える。

ケーイージーへ案件を発注し、そしてつくばで自分たちにクレームをつけてきた疑惑の人物。彼のここ数ヶ月分の社内外とのメール送受信記録が今、目の前にある。

深く息を吸い込むと、膨大な容量のファイルに対して検索コマンド《grep》を発行する。目的はケーイージーやX社とのやりとりの記録の収拾。次々に画面に表示される検索結果には予想通り早竹のアドレスも散見される。

そうして集められたメールを一つ一つプレビュー画面に展開し、文面を確認していく。

作業を始めて一時間ほどが経ったとき。

「あっ！」

健二の叫び声になにか質量のあるものが落ちる音がした。椅子の上で眠りこけていたミハルが床に転落したのだ。

「どうしました？」

険しい表情をした石峰が画面を覗き込み、息を呑む。

表示されていたのは昨年の十二月上旬に送られた田中専務が送信したメール。宛先はケーイージーの早竹とX社の役員の二名。内容はつくば新店舗のシステム構築にあたっての来年度予算の計上についてのものだ。

それからほぼ二、三日ごとに三人のメールのやりとりが続き、そして、五月中旬。早竹から『日程のご確認』と題されたメールが送られていた。

――五月二十九日土曜日、軽井沢のZZ山荘にて、キャッシュということで。

くれぐれも各位、足がつかないようご留意願います。

「これって、一体どういうことです?」

いつの間にか久田が丸い顔を覗かせていた。声が微かに震えている。

健二もまた己の膝が微かに震えているのに気づきながら、冷静を装い、画面を示してみせる。

「おそらくはこの日にX社から田中専務へのリベートの受け渡しがあったんでしょう。つまり、X社が支払ったキャッシュは、後日、ケーイージーからの委託費で穴埋めされるはずだった、ということです。そしてその支払い元はキーレングループ。迂回《うかい》取引によって、キーレン社の資金が田中専務個人の懐に入る、そういう仕掛けになっていたんです」

「つまり、田中さんが着服していた、と……?」

「はい。正確には着服が試みられていた、ということになります。先行してX社と田中専務の間で現金の受け渡しはあったものの、結局、ケーイージーはX社への発注を取りやめたので、損したのはX社だけです。おそらく、X社は返金を求めているでしょう。ただ、もしこの計画がうまく行っていたなら、二千万は下らない額が専務個人の懐に入っていたかと。……って、久田さん?」

気づくと、久田が目を瞑り、大きく深呼吸を繰り返していた。

「……ふざけてるよな」

そして、ごん、という鈍い音がする。軽くではあるが、久田がラックに拳を入れたのだ。

「現場が一円を稼ぐのにどれだけ大変か、上の人は全然分かっていないってことだよな。僕らの苦労を無下にして、私腹を肥やそうとしていた幹部がいる……」

口調こそ大人《おとな》しかったものの、普段、温厚な久田にしては珍しく怒りを露にしていた。

続いて真っ赤に染まった大きな顔を健二に向け、

「梶原さん、乗りかかった船です。他にも必要な証拠があったらどんどん言ってください。問題は全くありません。正義はこちらにありますから！」

「久田さん――」

一瞬、言葉に詰まる。

そして、深々と頭を下げ、

「ありがとうございます。……それなら、グループウェアサーバー、見られますか？

二十九日の専務の行動記録が見たいんです」

「おやすい御用です！」

巨体が別のサーバーにかぶりつく。


データを記録した外部メモリと何枚かのプリントアウトを手に、ビルを出た健二と石峰は駐めていた車の前で久田に頭を下げる。

「ヒサダさん、今夜は色々無理をきいていただいて本当にありがとうございました」

「いや、僕もカヨさんの役に立ててうれしかったし。それに自社《うち》のことで梶原さんにも色々迷惑かけたみたいだし……」

「ほら、二人ともそろそろ行くよ！」

駐車場からフェラーリを出してきたミハルが声をかけたのをきっかけに、石峰が柔らかな微笑みを浮かべる。

「ヒサダさん、また、メイプル・ホームでお帰りをお待ちしていますね？　それでは失礼いたします」

「あ、の……」

久田が物欲しげな顔つきに変わる。

「えと、こういうときにあれかもしれないけど……、カヨさん、さっきの約束……」

「あ」

口で手を覆う石峰。

『仕事を終えたらカヨさんと握手をする』、そういう条件だった。

「そうでしたね。失礼しました」

そう言って石峰が手を差し伸べたとき、

「ちょっと待ったーっ！」

ミハルがいきなり体を割り込ませてきた。

「はい、ヒサダさんは目を瞑れー！　ぎゅっと！　絶対に開けるな！」

「な、なんで⁉」

「いいからミハルの言うことをきけ。じゃないと今後、一切お給仕しないぞ⁉」

ドスの効いた声に慌てて固く目を瞑る久田。

と、いきなり彼女が健二の腕を摑み、

……え？

久田の右手を握らされた。

「……んふっ！」

目の前の久田の顔がだらしなく歪み、荒い鼻息が漏れる。

慌てて振りほどこうとするが、相手の握力が強すぎる。

「カヨさん手ぇ、すべすべだね～」

と、右手に続いて左手までもが手の甲に被さってくる。クリームをすり込むかのような柔らかなタッチですりすり。引き続いて十本の指がくすぐるように手の表裏をこちょこちょ責め立て始める。

あまりといえばあまりの気色悪さに悲鳴をあげそうになったそのとき――

「はい、そこまで！」

ミハルによって強引に久田から引き離された健二は、そのまま車の中に押し込まれる。

「カヨさんも乗った乗った！」

「え、ええ……」

石峰の顔は引きつっており、健二と目が合うなり顔を真っ赤にしてすぐに顔を背けてしまう。

「じゃあね！」

最後にミハルが片手を上げながら乗り込んできて、直後、健二は急加速のGに体をシートに押し付けられた。

駐車場から公道に出るところで後ろを振り返ると、遠く建物の下で恍惚《こうこつ》とした表情をした久田が胸の上辺りで手を振っているのが目に入った。そしてその姿はすぐに掻き消えてしまった。


真っ赤なフェラーリは二人のメイドとSEを乗せ、深夜の首都高をひた走る。ハンドルを握るミハルの運転が荒いのか、あるいはスポーツカー特有の動きのせいなのか、カーブのたびにきついGが体にかかり辟易する。

「ミハルさん、一つ聞いてもいいですか？」

「なに？」

「どうしてこんなすごいのに乗っているんです？」

加えて、四人乗りの車種はかなり稀少《きしょう》だと聞いたことがある。

彼女はなにげない口調で答える。

「んー、ミハルの趣味。あ、この車も自分で買ったよ」

「自分で買ったって……、ミハルさんまだ十代ですよね？」

「んーと、あまり人には言ってないんだけど」

ぽん、と後ろに飛んできたカードを受け取る。

運転免許証。

そして氏名欄を見て呆気にとられた。

『華泉礼美春』

「まあ、正直、実家は苦手なんであまり帰ってないんだけどね」

なるほど、そういうことか……。


と、健二の隣で手に入れたばかりのログデータを捲っていた石峰が、顔を上げる。

「ミハルちゃん、このまま臨海《りんかい》埠《ふ》頭《とう》に向かえる？」

「了解です」

急ハンドルを切り、強引に埠頭方面の路線に乗り換える。

背後から進路を妨害されたトラックのけたたましいクラクションが鳴り響く。

「ちょっ、これからどうするんですか？」

シートの上を転がりながら、泡を食った健二が問いかける。

「決まっています」

丁度そのときジャンクションを抜けた車体が高架上に出て、月明かりが車内に射し込み、彼女の艶やかな髪が金色に輝いた。

「――戦うんです」

＊

約束の午前三時丁度。ヘッドライトを煌々と輝かせた一台のＢＭＷが埠頭の駐車場に入ってきて、三人の目の前で止まった。

運転席から降りてきたのはシャツの上にベージュのジャケットを羽織った早竹。不機嫌そうな表情は、しかし、目の前のメイドたちを見た瞬間、相手を蔑む表情へと変わる。

「これはこれは。緊急の呼び出しというからしぶしぶ来てみれば、まさか石峰チーフ直々にメイド姿でお出迎えいただけるとはね。正直に言って恐れ入ったよ。この愉快な趣向に免じて、深夜に呼び出したことについては許してあげてもいい気分になったかな」

口の端を歪めて見せる。

「で、このアトラクションは梶原くんが考えたのかい？」

「まあ、そんなところですかね」

本当は石峰が考えたことだが、ここまで来たらやるしかないと腹をくくり、早竹を真正面から睨み付ける。

「夕方の件といい、君はどうも我が社で働く権利を自ら放棄したいと考えているようにしか見えないな。……おや、そちらは？」

早竹の視線が腕組みをしたもう一人のメイドに向けられる。

「メイドカフェ、メイプル・ホーム店長代理のミハルです。あなたが当店で許可無く撮影したデータをこの場で破棄していただきます。でないと、あなたを不法侵入の罪で万世橋《まんせいばし》警察に届けることになります」

「うーん、おかしいな。コーヒーを飲みに行ったときに、たまたま鞄に入れていたデジカメのスイッチが入ってしまったみたいでね。他意はなかったんだよ。ただ、結果的にたまたま気になるものが写ってしまったのは事実だけどね。……まあ、迷惑防止条例に違反した画像でもないし、そういう話をすれば警察のお咎めはないだろうね」

「ですが――」

石峰が一歩前に踏み出すとともに、強い海風が彼女の髪を靡かせる。

「――今晩のあなたの行為は決して許されるものではありません。私がなにを申しあげているかはわかりますよね？」

瞳がすっ、と細められる。

「でも、証拠はないんだろう？」

「確かにその件に関してはありません。ですが、あなたがここ数ヶ月犯してきたことについての証拠はここにあります」

彼女に促され、健二はバインダーに綴《と》じたログの打ち出しを手渡す。

「昨日、あなたは僕に証拠がないと言いました。ですから今回はちゃんと証拠を持ってきました。あなた方がキーレン社の田中専務と結託し、リベートの支払いのために迂回取引のお膳立てをした、その証拠です。ログには五月二十九日の土曜日、軽井沢でキャッシュが渡される旨が記録されています。そして、確かに当日、田中専務の社用車が使用されていたことの記録もありました。キーレン社の内部情報ですから確かでしょうね」

早竹は眉一つ動かさずにそれを捲りつづけたが、やがて、口の端を吊り上げる。

「なんだ、証拠というからもっとすごいものが出てくるかと思ったら、単なるメールログの打ち出しじゃないか」

そしてバインダーを音を立てて閉じると、健二の胸に押し付けるように乱暴に突き返す。

「君もこの業界にいるからよくわかるだろう？　サーバーのログほどいい加減なものなど無いということを。ログなんてあとから人為的にいくらでも書き換えることが出来る」

「もちろんです。ですが――」

健二は体に押し付けられているバインダーに手を伸ばすことなく、その代わりに力一杯、目の前の相手を見据えた。

「ケーイージーとX社に残されたログと突き合わせればどうでしょう？　さすがに三社すべてのログを書き換えることは難しいと思いますが？」

「けれど、やれないことは無い」

「もちろんです。とはいえ、そのためにはかなりの手間と時間を必要としますが」

「ふん」

相手は鼻を鳴らすと、健二の体に押し付けていたバインダーをそのまま地面の上に放る。

遠くから船の汽笛が聞こえると同時に強い海風が吹き、バインダーに挟まれたコピー紙が激しく靡く。

と、早竹が乱れた髪を右手で掻き上げながら、口の端を歪ませた。

「じゃあ、こういうのはどうだろう。その日、僕にはアリバイがあるんだ」

「……え？」

早竹はジャケットの内ポケットから封筒を取り出した。そして中から数枚の紙片を引き出し健二に渡してくる。

「君の言う五月二十九日、土曜日だけど、僕らは丁度つくば店舗——『キーレン・ムーヴつくば』にいたんだ。もちろん田中さんも一緒にね」

写真は五枚。そのいずれの写真にも、確かに内装工事中の現場が写されており、早竹とその部下たちに加え、キーレン社の専務、田中の顔も写っている。

早竹の人差し指が一枚の写真を叩く。

「そして決定的なのはここ。端末のモニター画面に五月二十九日十四時十九分と表示されているだろ？　これが僕のアリバイになる」

レジ周りのシステムを田中が見ていると思しき絵だった。日付はその背後のモニター画面の右上に写っている。

早竹は両手で前髪を搔き上げると、勝ち誇ったような口調で言った。

「昨日、君にあらぬ疑いをかけられてからね、うちの部下に探してもらったんだ。いやあ、現場写真を撮っておいて正解だったよ」

じっと写真を見つめる。確かにこれは間違いなく工事中の店内の写真だ。そして、実際このモニターにはこの位置に日付が表示される仕様になっている。健二自身が納品に携わっているのだから間違いない。

だけど、おかしい。なにかが引っかかる。

「……お言葉を返すようですが、写真だって画像ソフトを使えばいくらでも加工することが出来ます。これが加工されていないという証拠はどこに？」

「ふふ。そんなものは無いさ。でも、一方で加工したという証拠もない」

そして彼は足下のバインダーを軽く足で蹴り、

「お互いが証拠として提示したものが矛盾しているんだ。結論を導くことは出来ないよ」

再び、遠く船の汽笛が聞こえる。それに呼応するかのように都鳥《ゆりかもめ》の鳴き声が聞こえる。

自分の直感が、なにかがおかしいと告げている。

それはまるで水中眼鏡《ゴーグル》を付けずに、プールの底に置かれた石を探すような感覚。ぼやけた視界の中の先に手を伸ばすが、なかなか目当ての石を掴むことは出来ない。

「梶原さん……」

鳥の鳴き声に混じって、石峰の小さな、そして微かに不安そうな声が聞こえた。

そのときだった。指の先が石に当たる感触がした。

勢いよく石峰の顔を見ると、彼女は少し驚いたように目を大きく見開く。

そしてその背には煌々と光を放つ、大きな月。月光が彼女の艶やかな長い髪を金糸のごとく煌《きら》めかせる。

そうか……、そうだった。

あの日、自分は同じものを見た。

震える体を抑えるために、天を仰ぎ、息を大きく吸い込む。

そして、再び石峰に向かって大きく頷いてみせる。

——大丈夫。

早竹が目を細め、口を開くと、

「さてと、梶原くん。茶番はもう終わりだ。とりあえず僕は帰るとするよ。今日の君たちの行為については、内規に照らし合わせて別途処分を考えることになる」

そう言って自分の車の方に歩き出す。

「待ってください」

健二は一歩足を前に踏み出すと、振り向いた相手の顔を真正面から見据え、ゆっくりと口を開いた。

「早竹さん、つまり、この写真が加工されたという証拠を示せばいいんですよね」

「……一体なにが言いたい？」

足を止め、怪訝な顔つきで見返してくる相手に、淡々と告げる。

「その日、五月二十九日土曜日は、つくば店舗のシステムは終日ダウンしていたんです。現場監督の指示で電源が落とされていたからです」

その日は初めて彼女と出会った日だった。忘れるわけがない。あの大きな月に照らされた彼女の姿を。

早竹が息を呑むのがわかった。

「そのため、その日に秋葉原のデータセンターにいた僕は一切の作業を行うことが出来ませんでした。——その写真、なんで、システム画面が表示されているんですか？しかも五月二十九日の日付入りで」

目の前の顔が驚きから、やがて苦々しいものへと変わっていく。落ち着かなさそうに手でジャケットの内側から煙草を取り出すと、微かに震える手で火を点ける。

「これで早竹さんのアリバイは……成立しなくなりました……」

空に向かって吐き出した煙草の煙が空にのぼり、消えていく。

やがて早竹は半分ほどになった吸い殻を踵《かかと》で踏み消すと、健二の手から写真を奪い取る。そして再びライターの火を点すと、写真に燃え移らせ地面の上に棄てる。

写真が黒い灰と化した後、早竹はジャケットのポケットから小さな物体を取り出し、いきなり健二に向かって放り投げてきた。

「そいつがオリジナルだ。複製はしていない」

「じゃあ……」

「今回は取引に応じてやる」

最低限の意地なのだろう。その顔にはいつもの人を小馬鹿にしたような笑みが浮かんでいたが、しかし、焦燥の色は隠しきれていなかった。

それだけ言うと踵を返し、自分の車へと歩き出す。

だが。

「待ってください。まだ終わっていません」

いきなり石峰がその前に立ちふさがった。潮風が髪を靡かせ、メイド服のリボンを揺らし、スカートを翻らせる。

「今夜の貴方《あなた》の、梶原さんに対する行為についての釈明と謝罪を求めます」

切れ長の瞳は相手を射殺さんばかりに細められ、体の横に配置された両拳は堅く握りしめられている。

「なんのことだ。話は終わったと言ったはずだ。そこを退……」

最後まで言えなかった。

右手で彼女を乱暴に押しのけようとしたその瞬間、早竹の視界から彼女が掻き消えた。天地がひっくり返り、気づいたときには背中からコンクリートの地面に叩き付けられていた。息が出来ずにむせ返る。

石峰が早竹を投げ飛ばしたのだ。

「二度とあのような真似をしないと約束してください。でないと、次はこの程度ではすみませんよ?」

氷のような瞳で相手を見下ろしながら、彼女は低い声で呟いた。

「カヨさん、合気道でインターハイに出たことがあるんですよ」

「うそ……」

ミハルがそっと耳元で囁いた言葉に、健二は言葉を失うしかなかった。

七月七日　水曜日　月齢：二十五

あの事件以降、早竹が接触してくることは一切なくなった。X社に関するクレームもぴたりと止み、『キーレン・ムーヴつくば』のプロジェクトは特に大きなトラブルもなく、プロジェクトは最後の山場を迎えていた。

オープンを三日後の土曜日に控えた『キーレン・ムーヴつくば』の店内は慌ただしい。内装はほとんど終わり、いくつかのテナントでは商品の搬入が始まっていた。以前に比べ工事関係者は減り、代わりにオープンの準備に追われる従業員の数が増えている。

一方で健二たちもまた今週頭から近くのビジネスホテルに部屋をとり、連日、交代制で下請けのJ社とともに店舗内を駆け回っている。ケーイージーが設置を担当した機器のトラブルに対処するためだ。接続時に一通りの確認はしているものの、実際に従業員が使い始めると想定していなかったトラブルが発生することも多く、それに一つ一つ対応する必要があるためだ。

そして、更にもう一つ大きな問題が残っていた。

各店舗に設置されたすべての電話機に張られた『調整中』の紙が示すように、電話用のメインサーバーの設置とそれに伴う全電話機の設定変更だ。キーレン社との約束では明日の午前六時までに開通させて引き渡すことになっている。今が十七時だから残りはあと十三時間。

サーバー本体については、つい二時間ほど前に、石峰とメーカー担当者が車で搬入したという連絡が入った。そのままサーバールームに運び込まれ、ラックへの据え付けと設定作業に入っている。

健二は腕時計を見る。時間的にはもうそろそろ設定が完了した旨の連絡があっても良い頃合いだ。

と、丁度そのとき携帯が鳴った。石峰からだ。

「もしもし？」

「梶原さん、申し訳ないのですがサーバールームまで来ていただけますか？　少し問題が発生しました」

地下一階への階段を下りきったところにあるステンレス製の扉を開けると、学校の教室の半分ほどの広さの空間に三列ほどラックが並び、それらに据え付けられたサーバー群が甲高いファンの音を響かせながら稼働していた。

そして一番右奥、一台のモニターを見ながら作業を続けているメーカー担当者と石峰のもとへ向かう。

「どうしましたか？」

「ええ。これを見てください」

モニターにずらりと表示されているのは、電話端末一台一台を現すＩＰアドレスのリストとその脇に表示されたFailed の文字。

「これは……？」

真っ青な顔をしたメーカー担当者が言いにくそうに説明する。

「そちらからいただいたスクリプトを元に、当社で五百台分のファームウェアを一括アップデートするツールを作ったのですが、途中で止まってしまうんです。どこかでブロックされているみたいで」

頭を金槌《かなづち》で殴られたような衝撃を受けた。

自分が河原田からもらって作ったスクリプトにバグがあったのか、その後のメーカー側の加工作業に不備があったのか。

焦りが募ってくる。もしこれがうまく使えないとなると、どうなってしまうのか。間に合わない、という言葉が一瞬頭をよぎる。

「ツールじゃなくて、アドレス直打ちかつ、手動でやった場合はどうでしたか？」

「それはうまく行きますね」

担当者の代わりに石峰が答える。

「ただ、一台あたり十五分かかりましたが」

「なっ……」

健二は言葉を失う。確か事前にアップデートにかかる時間は五分程度と聞いていたが、実際はその三倍ということになる。単純計算でこれから五百台を一台ずつアップデートしていくとなると、十五分の五百台分で七千五百分、時間にして百二十五時間必要になる。これを三人で分担し、休みなしでぶっ通しで作業したとしても、約四十二時間。

とてもじゃないが、十三時間後の引き渡しまでには間に合わない。

「申し訳ありません！」

メーカー担当者は突然、椅子から立ち上がると頭を深々と下げた。

いや、ここで謝られても困るのだ。そんなことをされても、事態が解決するわけでもない。

健二はなすすべも無くその場に立ち尽くす。

と、石峰が突然自分の鞄を引き寄せた。そして中から自分のノートPCを取り出し、LANケーブルでルータの空きポートと接続する。

「石峰さん、なにを……？」

「なにって、アップデート作業です」

「でも、手作業じゃ間に合わないんですよ」

彼女はただ黙々とコマンドを打ち込んでいく。その顔には微かな焦り。

「考えている暇があったら、手を動かすしかないでしょう。優先順位をつけて重要な回線から処理していくのです。管理部門系を最優先に、テナントの回線は一番最後です。ある程度処理したら引き渡し時間の延長について相談に行きましょう」

無理だ。

今の引き渡し時間だって、久田が散々社内を調整してくれた結果、ここまで引き延ばせたのだ。これ以上となると、久田の上の判断だ。交渉の余地はないだろう。

そう思いつつも、健二もまた自分の鞄からノートPCを取り出し、起動させる。確かに考えている暇があったら手を動かした方がましだ。

――そのとき、自分の携帯が震えているのに気づいた。

ディスプレイを見ると、飯島の携帯番号。

彼は確か今日は別の現場に行っていたはずなのだが。

首を傾げながら電話に出た。

*

「あちーな、ここ！　温度管理大丈夫なのかよ？」

「そもそも、俺らが多すぎるのが問題なんだろ？　こんなに大人数が入るなんて誰も想定してねーよ」

「おーい、掃除のおばちゃんから扇風機借りてきたぞ。これで大分ましになっただろ？」

「そこに置くのはやめろ！　紙が風で飛ぶ！」

午後十一時現在、大量のケーブルが這わされたサーバールームの床の上には総勢十六人が座り込んでいて、それぞれがノートPCを膝の上に載せ、ただひたすらにコマンドを打ち続けている。

メーカー担当者をのぞいた、十五名全員がケーイージーの石峰チームのメンバーだ。

「よっしゃ、これで一階フロア設定完了！」

「お、じゃあ、俺、今から一階回って確認してくるわ。梶原、連絡入れたら発呼《はっこ》開始してくれ」

「了解です」

「地下フロアも終わりました」

「そっちは私が行ってきます」

これだけの人数であれば五百台といえども、ものの数時間で終わらせることが出来る。作業の方もほぼ終盤に近付いてきていた。

さっきの飯島からの電話は、今、建物の前にいるから中に入れてくれ、というものだった。

驚きつつも外に迎えに出た健二と石峰は、河原田を含むチーム全員が揃って立っている光景に更に啞然《あぜん》とさせられた。

「河原田さん、みなさん、どうしてここに……？　他の案件は大丈夫なんですか？」

さすがの石峰も動揺を隠せず、目を大きく見開いたまま全員を見渡す。

飯島が苦笑いしつつ、むすっとした顔の河原田を指さし、

「昼過ぎになって、いきなり河ちゃんから携帯に電話がかかってきてさ。他の件は後回しにしてでも、今から全員でつくばに行くぞっ、て。うちの部署から構築失敗事案なんて出してたまるかって！」

「余計なことを言うな」

河原田は飯島の頭を軽く小突くと、じろりと健二を睨み付け、

「それで？　状況はどうなんだ？」

「あ、それが……」

表情で分かったのだろう、

「……ったく、しょうがねえなあ」

頭を掻きながら、苦笑混じりに続ける。

「ま、これだけの面子《メンツ》が揃っていれば、最悪、力業でなんとかなるだろ」

「全員、自分のＰＣを持ってきています」

「徹夜の覚悟も完了してますよ！」

「既に夜食も調達済みです」

メンバー各々が鞄や会社のロゴマークが入った紙袋を上に掲げてみせる。

ふと、隣の石峰の肩が微かに震えているのに気がついた。そして、不意に
「みなさん……、ありがとうございます」

彼女はそう言って頭を下げた。

河原田が困ったような顔をして、助けを求めるかのようにこちらを見る。健二は思わず苦笑いし、メンバーに呼びかけた。

「それじゃあ、行きましょうか。時間も無いことですし」

七月八日　木曜日　月齢：二十六

午前三時を回った頃、サーバー室にいた全員から拍手が起こった。

飯島が宣言する。

「全台設定完了を確認しました！　おつかれっしたー！」

これで午前六時の引き渡しには間に合った。健二は安堵のあまり全身から力が抜け、

床にへたり込む。

「しかしまあ、たまにはこういうのもいいもんだなあ」

「全員でなにかやりとげたっていう達成感はアリだね」

「頻繁にあるのは勘弁してほしいけどな」

連続九時間以上の作業を終えテンションの上がったメンバーが互いの健闘をたたえ合うのをぼんやりと眺めながら、誰かが横から自分の肩を軽く叩くのに気づいた。

見上げると石峰の少し気恥ずかしそうな顔。

「ちょっとだけ、よろしいですか？」

なんだろう。

健二は首を縦に振って立ち上がると、彼女に続いて部屋の外に出た。


暗闇の中にぽつぽつと灯る街明かりの上に星々が瞬いている。そばを流れる河からは柔らかなせせらぎの音が聞こえる。

夜中だというのに妙に頭が冴《さ》えていた。まるで体中の感覚が研ぎ澄まされているようで、見るもの、聞くものすべてが新鮮に感じられた。

それは隣に彼女がいるからかもしれない。

『キーレン・ムーブつくば』の中二階に張り出した木製のオープンテラス。どうやらここはフードコートになるらしく、いくつもの真っ白なテーブルが並べられ、その周りを飲食店のカウンターが取り囲んでいる。

その中でも最も眺めが良いテーブル席に二人は座っていた。

「無事に、終わりましたね。今回はありがとうございました」

柔らかく微笑む彼女の顔を目にした瞬間、なぜか健二は己の鼓動が背中を打ったような気がした。

急に気恥ずかしくなって思わず立ち上がると、

「僕、なにか買ってきます。お茶でいいですか？」

彼女の返事も聞かず、五十メートルほど先にある自販機まで走って行く。

夜闇の中、薄ぼんやりとした光を放つ自販機の前に立ち、震える指でペットボトルを二本購入する。そして、そのうちの一本を自分の胸に押し当て、大きく深呼吸する。冷たい感触がじわりと皮膚の上に広がっていくものの、しかし、鼓動はちっとも収まってはくれない。

諦《あきら》めて彼女のもとに戻ろうとゆっくり振り返ったとき、健二は思わずボトルを取り落としそうになった。

せせらぎの音が、消える。聞こえるのは自分の胸の鼓動だけ。

照明の下、東の空に浮かぶ、か細い月をじっと見つめる彼女の横顔。

どことなく憂いを帯び、そしてはっとするほど美しい。

彼はそっと彼女に近付いていく。

そのとき彼女の横顔が、微かに上を向き、口が引き結ばれた。

なにかを決めたときのような、そんな表情。

不意にその顔がこちらを向き、髪がふわりと舞う。

「あ……、これ……」

慌てて差し出したボトルを彼女の小さな両手が受け止める。

「ありがとうございます」

だが、彼女は蓋を開けようともせず、ただじっと自分を見つめている。

と、

「梶原さんは、どちらが本当の私だと思いますか？」

「……え？」

彼女が微笑みを浮かべた。

「──『石峰真夜』と『メイプル・ホームのメイド、カヨ』」

「いきなりそんなこと聞かれても……」

正直なところ、意味がよくわからなくて戸惑うばかりだ。

「そうですよね。ごめんなさい」

彼女は膝の上に置いたボトルを軽く握り、静かな口調で続けた。

「私は今、メイドである『カヨ』の方が本当の自分だと思っています。そして、『石峰真夜』はこの社会で生きていくために嘘と欺瞞《ぎまん》に塗り固められた姿」

健二はなにも言えず、ただ黙っているしかない。

「私の家はとても厳格な家風で、私も幼い頃から礼儀作法、立ち居振る舞いを、両親、そして祖父母から徹底的に教え込まれました。趣味も交友関係もすべて家の者が決めました。学校も小中高一貫教育の私立で、小学校までは共学ですが、中学高校は女子校というところでした。もちろん、成績も常に上位であることが求められました。

──今どきこんな家、珍しいですよね？」

困ったように笑いかけてくる。

不意にミハルが以前、言っていたことを思い出した。

容姿端麗、文武両道の生徒会長として全校生徒の憧れの的だった石峰真夜。

その一方で、いつも一人でいて、どことなく寂しげな印象を漂わせていた少女。

「三つ年上の兄は、そんな家風に反発して家を飛び出してしまいましたが、私にはとてもそんな勇気はありませんでした。自分は周りが求める『石峰真夜』という人間を演じ続けるしかない、そう考えて諦めていたんだと思います。それに自分は経済的にも社会的にも恵まれている。これ以上なにかを望むのは甘えた考えだし、きっと罰が当たるって。そしてそのまま英国の大学に進学して、卒業後は祖父が薦める総合商社に入社したんです」

淡々と紡ぐ彼女の顔から目が離せなかった。彼女が瞬きするたびに長い睫毛が麗しげに揺れる。そのとき、ふっ、と彼女の口元に笑みが浮かんだ。

「そうやって働いているうちに、去年のことだったでしょうか、仕事の関係でたまたま秋葉原に来ていたとき、道ばたで一人のメイドさんに声をかけられたんです。それが高校時代の後輩のミハルちゃんで、そのとき、折角だからと案内してもらったのがメイプル・ホームでした。そして店の中に入って、お茶を飲んでいるときに思ったんです。あのお洋服、可愛いな、って。自分も着てみたいなって、理屈じゃなく単純にそう思って」

頬を微かに緩め、手を体の前で組み合わせる。

「あの服を着てここで働くことが出来たら、どんなに楽しいだろう、そんなことを考えたら、いてもたってもいられなくなり、気がついたらミハルちゃんにお願いしていました。ここで働かせてくださいって。自分でも驚きました。もしかしたらそれが生まれて初めて、理屈とか一切抜きに、自分の『好き』な気持ちに純粋に従って決めたことかもしれません」

「『好き』な気持ちですか……」

　彼女は夜空を見上げる。

「多くのご主人様たちにとって『メイプル・ホーム』が普段の嫌なことを忘れ、素の自分に戻れる心安らぐ『家』であるのと同じように、私にとってもあそこは大事な自分の『家』なんです。外で石峰真夜を散々演じて『家』に帰った後は、メイドのカヨになって、同じように家のことを大事に思ってくださるご主人様たちと一緒に楽しい時間を過ごしたい、そう考えているのです」

　そしてふと、顔を赤らめると、艶やかな髪に指を通しながら健二を見上げ、悪戯《いたずら》っぽく笑いながら、

「だからこそ、この前、私は早竹さんを投げ飛ばせたんだと思います。石峰真夜を演じたままではとてもそんな真似は出来なかったでしょうね」

「もしかして……、最初からああするつもりでメイド服に着替えた、ということですか……？」

「ふふ、どうでしょう？」

ふと彼女と目が合った。

見つめ合ううちに、なんだか段々可笑しくなってきて、そして、どちらからともなく笑い出す。

いつの間にか空は白みはじめ、遠くから鳥たちの声が聞こえはじめる。

朝靄の中を緩やかに風が渡り、彼女の髪を揺らす。

と同時に、建物の外からトラックのエンジン音が近付いてくるのがわかった。今日一番目の工事車両が入ってきたのだ。

ひとしきり笑った彼女は目の下に微かに浮かんだ涙を人差し指で拭い、

「さて、そろそろ行きましょうか。キーレンさんへの引き渡しの準備を始めなければいけませんしね」

その言葉に、重大な事実を思い出させられた。

「って……、今日はまだ木曜日だよ……」

一気に疲労がのしかかってきた。歩くだけで汗が噴き出す作業環境に加え、ほぼ徹夜に近い状態で果たして今日一日を乗り切ることが出来るだろうか。

ふと気づくと、石峰は既にテラスへの出口で自分が来るのを待っている。

と、どこかで気の早い蟬《せみ》が鳴き始めた。

今日もまた暑くなりそうだ。そんなことを考えながら健二は彼女の後を追って走っていった。

エピローグ　二つの月

七月二十四日　土曜日　月齢：十二

『霊安室』の床は相変わらず冷たく、昼過ぎからずっとあぐらをかいていたために下半身はすっかり冷え切ってしまっていた。モバイルＰＣを膝の上から退かして立ち上がり、両手で凍えた足を懸命にさする。

土曜日の朝の安眠を妨害したのは携帯メールの着信音だった。届いたのは不調になった顧客サーバーが自動的に送信してきた警告メール。メモリの物理エラーが発生し、サーバーダウンの兆候が見られるという内容に、健二は暗澹とした思いでここ秋葉原のデータセンターに駆けつけたのだ。もちろん休日返上で。

昼過ぎからの懸命ななだめすかしが効いたのか、ようやくサーバーは機嫌を直してくれたようで、今は安定して稼働を続けている。あとは収拾したエラーログをメーカーに送り、今後の対応を考えてもらえばいい。

そのとき、がっちゃん、という重々しい音とともにフロアの鉄扉が閉まる音がした。続いて、軽やかな足音が近付いてくる。

振り返ると、『棺桶』が並んだ通路の向こう側に石峰真夜が立っていた。シルクのカットソーに白いティアードスカートが彼女に似合っている。

「やっぱり。まだやっていたんですね」

ふと時計を見ると、時刻はとうに午後十一時を回っていた。こんなに長く格闘していたのか、と驚くと同時に彼女に申し訳ない気持ちになる。

「すいません、結局、カフェの方には行けませんでしたね」

「いいえ。お店の方は大丈夫です。それよりも今日のトラブル、梶原さん一人に任せっきりにしてしまってこちらこそ申し訳ありませんでした」

彼女が頭を下げるのを慌てて両手で制する。

「いえ、こういうのが僕の仕事ですから！　もちろん顧客対応の件については来週ご相談させてください」

「わかりました。あ、そういえば……」

ふと気づいたように手に持っていたメイプル・ホームの紙袋を差し出してくる。

「夜、なにも食べていないですよね？　ちょっとしたお食事、作ってきました」

中にはランチボックスに収められた三つのミラノサンド。

微かにはにかんで俯きながら、小声で呟く。

「正直なところ、あまり自信がないのですが……」


データセンタービル二階には外に張り出したテラスがあり、二人はそのベンチに隣り合って座った。線路に面した場所だが、この時間にもなればそれほど頻繁に電車が往来することもなく、会話が騒音に掻き消されることも無い。

「うん、すごく美味しいです」

「良かったです。お口に合わなかったらどうしようかと思っていたので」

胸に手を当て、心底ほっ、としたように言う。

お世辞じゃなく本当に美味い。一かじりすると口の中いっぱいに野菜の甘みが広がるとともに、舌にほどよくスパイスのぴりっとした刺激がある。

夜になって気温が下がったこともあり、魔法瓶から注がれた熱い紅茶も、丁度美味しく感じられる。

「なんだか、この前の表彰式のときのホテルの料理よりも、今日の方が贅沢《ぜいたく》な気がします」

「そ、それは……、ちょっと言い過ぎじゃないですか？」

目を白黒させる彼女に、健二は苦笑いしながら首を横に振る。

「『カヨさん』お手製のサンドイッチですよ。それを差し入れしてもらえるご主人様なんてそうそういませんし。それに表彰式のときは滅茶苦茶緊張してたんで正直、なにを食べたかすら覚えていません」

「そんなに緊張しました？」

「そりゃそうですよ。あんなお偉いさんばかりに囲まれるなんて経験、生まれて初めてですもん。もっとも、河原田さんたちはそんなのおかまいなしに食べまくっていたみたいですけど」


健二たちが出資元の華泉礼商事を擁するカセンレイグループから表彰されたのはつい先週のことだった。キーレン社の案件が、第1四半期においてグループ全体の中で最も優れた功績を残したIT案件に贈られる『ベスト・ソリューション賞』に選出されたのだ。

これにはさすがに全員驚きを隠せず、飯島は皆の前で「石峰さんが推薦したんですか？」と問いかけたものの、彼女は肯定とも否定ともとれる、曖昧な微笑みを浮かべるだけだった。

金曜の夜、一張羅を羽織った健二たちのチームは滅多に行く機会などない国内最高級ホテルの豪奢《ごうしゃ》な内装と、そして宴会場に集う政財界の大物たちの顔ぶれに気圧されつつ、授賞式に望んだ。表彰状を受け取る役目は河原田で、両手両足はしっかり同時に出ていたし、スピーチの際には何度も声が裏返っていたが、会場の雰囲気に飲まれていた健二たちにそれを笑う余裕は無かった。

とはいえ、表彰式が終わり懇親会に移る頃には、健二を除いた他のメンバーは、目の前に並べられた高級食材を用いた料理の数々とアルコールにすっかり目を奪われており、あとはひたすらタダ飯をかっくらうことに専念していた。

ではなぜ健二が一人だけ緊張していたかというと、懇親会の間中、石峰に加え、ミハル――華泉礼美春がずっとそばにいたからだ。華泉礼家の二人姉妹の姉だという彼女の元には、テレビや新聞で見たことのある人々が次々に挨拶に訪れ、そしてそのたびにミハルは受賞者の一人として健二を相手に紹介し続けた。お嬢様然としたミハルの普段とは異なる立ち居振る舞いのギャップを面白がる余裕もなく、最後まで健二の緊張が解けることは無かった。

「でも、よくあんなのが表彰されたな、というのが本音です。もしかして、なにか裏があったりします？」

表情を窺うと、彼女は口元に微かな笑みを浮かべながら、

「それはないと思います。あの賞は結構公平に審査していると聞きますし、表彰されたことは日頃の努力が認められたということですから胸を張ってもいいと思いますよ？」

「そんなもんですかね」

「そういうものです」

口元に手を当てながら、くすり、と石峰が笑う。

「それより、お食事の方はお済みですか？」

「あ。ええ、ごちそうさまでした」

蓋を閉めたランチボックスを手渡し、両手を合わせると、石峰もまた頭を下げる。

「お粗末様でした」

そして二人はしばらくの間、黙ってビルの合間から見える夜空を見上げていた。真上に浮かんだ満月に近い月が煌々と輝いている。柔らかな夜風が肌を撫でていく。胃に物を入れたらなんだか少し眠くなってきた。ここのところ休みがなかったせいか、体が疲れているのがわかる。それは自分だけじゃなく、石峰もまたそうだろう。

──石峰さんも、たまには休まないと体壊しちゃいますよ？

そう言おうと横を向いた瞬間、彼は言葉を失った。

月明かりに照らされた彼女の横顔は、まるで人形を思わせるような佇まいだった。

「あ」

と、石峰が急にぱん、と両手を叩いた。そして健二の方を振り向き、

「それより、一つ言い忘れていたことがありました。今日、お店でミハルちゃんに言われたんです。たまには二人とも休んでくださいって。だから明日は私も梶原さんもお休みです」

「え？」

そして彼女は微かに俯き、少し恥ずかしそうに、

「私、この前のお礼が全然出来ていなかったことが、すごく気になっていて。ですから、……あの……これはご提案で、もし梶原さんさえよろしければの話なのですが……、

明日一日、梶原さんだけのメイドになってもいいですか？」

「え？」

「梶原さんにお給仕させていただきたいんです。お食事を作って、お洗濯をして、お部屋のお掃除をして、ティータイムにはケーキを焼いて……」

「え、と、それは、その……？」

頭の中が真っ白になる。それって、まさか彼女がうちに来るっていうこと……？

「駄目……ですか？」

反則だ。

そんな不安げな目で見上げられたりしたら――、断ることなんて出来ないじゃないか。

「いいに……決まっていますけど」

「良かった」

両手を顔の前で合わせ、満面の笑みを浮かべる。

思わず見とれそうになりつつも、気にかかっていることを訊ねる。

「あの、お給仕って、やっぱりメイドさんの格好で、ですか？」

「もちろんです」

「どこで着替えるつもりですか？」

「あ」

口を手で覆う。考えていなかったらしい。

だが、すぐさま小首を傾げて微笑む。

「梶原さんのお部屋で着替えさせてください」

「いや、それはまずいですよ！」

自室で彼女が着替えている光景を想像し、慌てる。

「仕方ないですね。それではメイド服で伺うことにします」

「いや！　それは近所に誤解されますから絶対にやめてください！」

「じゃあ、やっぱりお部屋で着替えることになりますね」

「……う」

「大丈夫、私、梶原さんのこと信頼していますから」

そう言って微笑む彼女の顔は確かにとても綺麗で、思わず息を呑む。と同時に、彼女が合気道の黒帯だということを思い出して、身震いする。

「寒い、ですか？　まだ紅茶ありますよ？」

「あ、うん、いただきます」

湯気を立てるカップを手渡されながら、健二はその中に丸い月が浮かんでいるのに気づいた。

空を仰ぎ見る。

そこにもまた同じ月。黒々とそびえるビルの谷間に燦然《さんぜん》と輝く月。

なぜか唐突に、二週間ほど前の石峰の言葉を思い出した。


――梶原さんは、どちらが本当の私だと思いますか？


空に浮かぶ月と、地上に映る月。

正直に言えば、どちらが本物かなんて聞かれても困ってしまう。

なぜならそのどちらもが、この自分の目にはっきりと見えているものだからだ。

月は燦然と輝いているからこそ、地上にもその影がさえる。

そのどちらかを否定することなんて、出来ない。

「どうかしました？」

彼女が顔を覗き込んできた。

白い肌が月に照らされ、仄かに輝いている。

自分の心がはやるのが、わかる。

慌てて顔を逸らし、小さく呟く。

「いいえ、なんでもありません」

そして、彼は息を肺一杯に吸い込むと、地上の月をゆっくりと味わっていった。

了

あとがき

はじめまして。あるいはご無沙汰しております。水沢《みずさわ》あきとです。
このたび無事、『不思議系上司の攻略法』を上梓《じょうし》することとなりました。まずは本作をお手にとっていただいたことをお礼申し上げます。

会社勤めをしているとどうしても避けられないのが「人事異動」。自分が異動することもあれば、上司や同僚といった周りの人が異動することもあります。それによって少なからず職場の環境は変わります。仕事が楽しくなることもあれば、その逆もしかり。

自分も、昔、鬼軍曹みたいな上司がやって来たときには、そりゃもう毎日憂鬱で仕方がなかったという経験があります（いや、今となっては、とても鍛えていただいたと感謝してますよ！　……と言っておきます）。

でも仮にもし、男性である自分の新しい上司としてやって来たのが年下の綺麗系の女子だったら？　そしてひょんなことから自分だけが彼女の誰にも言えない秘密を知ってしまったとしたら？

そんな仮定（妄想？）のもと、この物語は作られました。少しでも楽しんでいただけたら幸いです。


ところで、実はこの本を書くきっかけにも一つの「異動」がありました。

昨年、水沢は姉妹レーベルの電撃文庫から『りんぐ&りんく！』という本を出させていただいたのですが、そのタイミングで、新人賞をいただいたときからずっと面倒を見てくださった担当編集の川本《かわもと》様が別の編集部へ異動することになったのです。まるで会社の上司のような優しさと厳しさを兼ね備えた、自分より少し年下の綺麗な女性（女性の歳について言及するのは失礼なのですが……）。ちょっぴり残念でした。

そんなこんなで、引き継ぎを兼ねたお食事会の席でのことでした。新担当の和田《わだ》様が、川本様と水沢を交互に見た後、不意にこんなことをおっしゃったのです。

「年下の綺麗系の女性上司の下で、悪戦苦闘する男の話、書いてみない？」

言葉を失いました。これはまさか私小説を書け、ということ……？

助けを求めて川本様を見たら思いっきり目を逸らされました。続いて、もう一人の新担当、土屋《つちや》様を見たら、なんとも言えない表情をされてしまいました。あの日のことは未だに忘れられません。

で、紆余曲折《うよきよくせつ》の末、出来上がったのがこの本なのですが、でも、あの……、別に本当に前担当様と水沢を二人の登場人物に投影したわけではないですからね!? 水沢も分別を持った大人ですから! といいますか、そんなことをしたらビル内でばったり会ったとき、蔑みの目で見られますし! 第一、そんな本、誰も読みたくないだろうし!

……本件についてこれ以上書くとあらぬ方向から大量のミサイルが飛んできそうなので、自重いたします。

最後に謝辞を。

IT用語のチェックならびに技術面でのアドバイスをしてくださったT様、そしてメイド喫茶についてレクチャーしてくださった、ふみ様に深くお礼申し上げます。現実とかけ離れた描写があった場合には、物語にうまく馴染ませることが出来なかった水沢一人の責によるものです。

担当編集の和田様、土屋様。ネタ出しの段階から、出来の悪い初稿と遅々として進まない改稿作業に根気よくお付き合いいただき本当に感謝しています。それに加え、なかなか昼間に時間を取れない水沢のために、何度も深夜の打ち合わせと、土日の原稿チェックを強いてしまいました。これに懲りず、今後とも引き続きよろしくお願いします！

素敵なイラストを描いてくださった、双さま。ラフ絵を拝見した日の夜は感激の余り、興奮してよく眠れませんでした。ありがとうございました。

また、編集部の皆様をはじめ、出版に関わってくださった多くの方々や、支えてくださる周囲の方々にもお礼を。

前作から引き続き本書を手にとっていただいた読者の方。本当に感謝です。本作品中には、前作『りんぐ&りんく！』を読まれた方に、ちょっとだけにやっとできる（?）ネタをいくつか入れましたので探していただけると嬉《うれ》しいです。

そしてなによりも、本書を読んでくださったすべての方へ。

心からのお礼を申し上げます。

またお会い出来ることを願って。

二〇一〇年九月　水沢あきと

※この作品はフィクションです。実際の人物・団体・事件などには、一切関係がありません。

水沢あきと

著作リスト

不思議系上司の攻略法（メディアワークス文庫）

りんぐ&りんく！（電撃文庫）

◇◇メディアワークス文庫

不思議系上司の攻略法

不《ふ》思《し》議《ぎ》系《けい》上《じょう》司《し》の攻《こう》略《りゃく》法《ほう》

水沢《みずさわ》あきと

発行　2010年11月25日　初版発行

発行者　高野 潔
発行所　株式会社アスキー・メディアワークス
〒160-8326　東京都新宿区西新宿4-34-7
電話03-6866-7311（編集）
発売元　株式会社角川グループパブリッシング
〒102-8177　東京都千代田区富士見2-13-3
電話03-3238-8605（営業）
装丁者　渡辺宏一（有限会社ニイナナニイゴオ）
印刷・製本　旭印刷株式会社

Printed in Japan
ISBN978-4-04-870153-2 C0193

アスキー・メディアワークス　http://asciimw.jp/
メディアワークス文庫　http://mwbunko.com/

本書に対するご意見、ご感想をお寄せください。

あて先
〒160-8326　東京都新宿区西新宿4-34-7　株式会社アスキー・メディアワークス
メディアワークス文庫編集部
「水沢あきと先生」係

メディアワークス文庫

めげないくんとスパイシー女上司
—女神《ガデス》たちのいる職場—

有間カオル

ISBN978-4-04-868704-1

今はしがないADだけど、夢はスーパーディレクター。そんな新人社員くんが放り込まれたのは、通販番組のコスメチームだった!!　スパイシーな女性だらけの現場で右往左往、勘違い、暴走……。めげないくんの明日やいかに!?

あ-2-3
0047

メイド・ロード・リロード

北野勇作

ISBN978-4-04-868534-4

売れない作品ばかり発表しているSF作家が、初めてのライトノベルに挑戦することに。意気揚々と編集者との打ち合わせに向かうのだが、そこはなんとメイド喫茶だった……!?　SF作家・北野勇作による、妖しくも不可思議な世界。

き-1-1
0028

死なない生徒殺人事件

野﨑まど

ISBN978-4-04-870056-6

「この学院に、永遠の命をもった生徒がいるらしいんですよ」。生物教師・伊藤は赴任早々そんな噂を聞く。数日後、不意に現われた女生徒が「自分がそうだ」と宣言するが……ほどなく彼女は他殺体となって発見され——!?

の-1-3
0057

マリシャスクレーム
—MALICIOUS CLAIM—

範乃秋晴

ISBN978-4-04-868661-7

悪質なクレーマーが増加の一途を辿る近年。中でも非人間的かつ狡猾なクレーマー——IPBCの存在が企業の倒産リスクを高めるまで問題化していた。常光は対IPBCのプロとして、交渉という名の戦いを繰り広げていくのだが——。

は-1-1
0036

マリシャスクレーム2
—MALICIOUS CLAIM—

範乃秋晴

ISBN978-4-04-870055-9

センターを攻撃目標とする謎の集団。回線はパンク状態となるが、その裏にはセンターに精通している裏切り者がいると常光は睨む。さらに常光の完璧なクレーム予測を覆す不可思議なIPBCの存在。それらの接点と意外な真実とは!?

は-1-2
0056